光文社文庫

文庫書下ろし／長編時代小説

蘇れ、吉原

吉原裏同心㊵

佐伯泰英

光　文　社

この作品は光文社文庫のために書下ろされました。

目次

新吉原廓内図

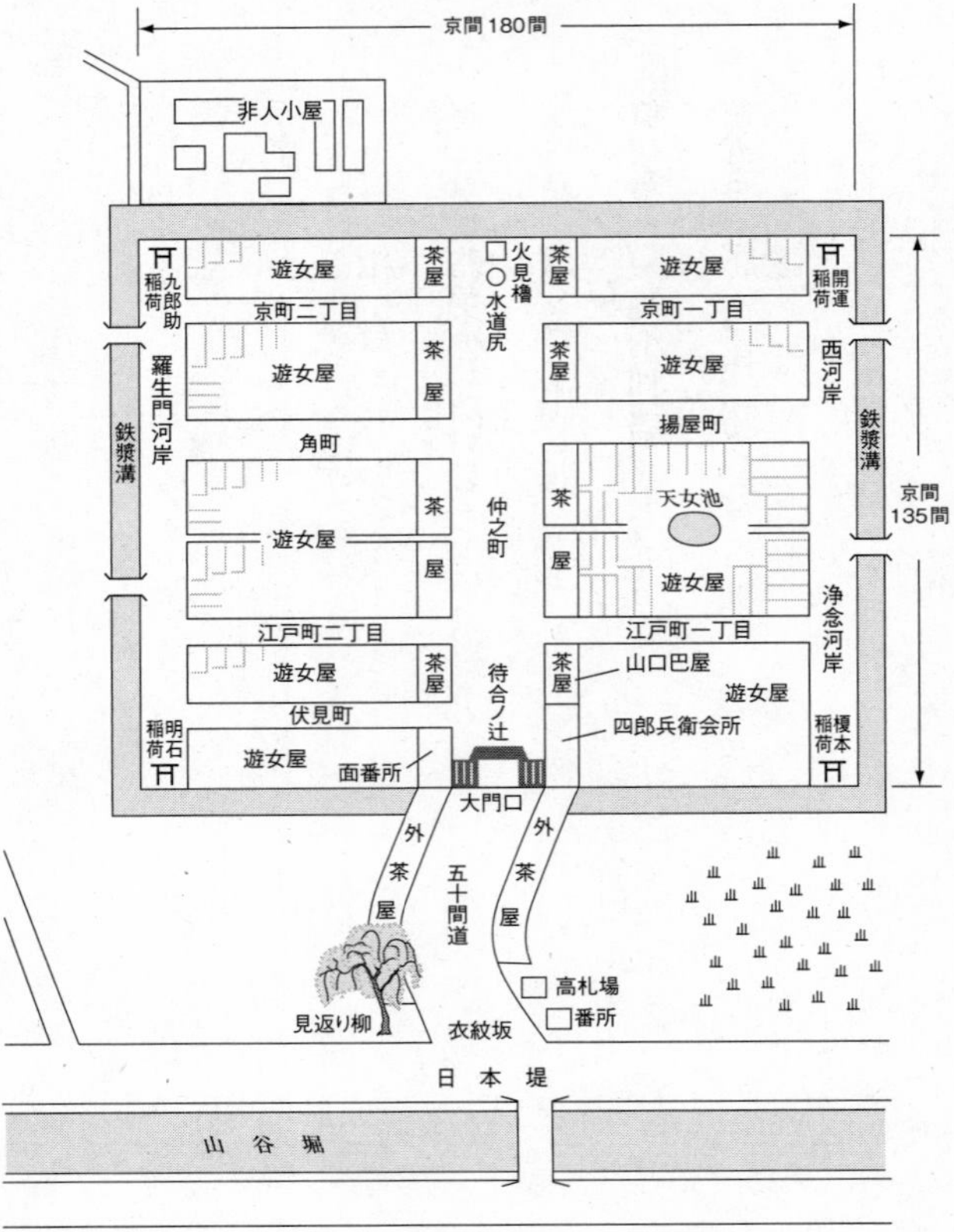

京間180間
非人小屋
九郎助稲荷
遊女屋
茶屋
京町二丁目
火見櫓
水道尻
京町一丁目
開運稲荷
羅生門河岸
西河岸
鉄漿溝
揚屋町
角町
天女池
仲之町
京間135間
江戸町二丁目
江戸町一丁目
浄念河岸
山口巴屋
待合ノ辻
伏見町
明石稲荷
四郎兵衛会所
榎本稲荷
面番所
大門口
外茶屋
五十間道
高札場
番所
見返り柳
衣紋坂
日本堤
山谷堀

北
東
南
西
鐘ヶ淵
大橋
隅田村
千住道
小塚原
三河島
田端
日暮里
駒込
谷中
日本堤
金杉上町
新吉原
隅田川
今戸町
山谷堀
今戸橋
鷲神社
浅草寺
千駄木
白山
下谷
東叡山寛永寺
根津権現
御薬園
小石川
本郷
中堂
幡随院
広徳寺
阿部川町
東本願寺
浅草花川戸町
吾妻橋
竹町ノ渡し
伝通院
不忍池
新堀川
田原町
三間町
並木町
駒形堂
菊坂町
池之端仲町
下谷広小路
御徒町
蔵前
湯島天神
春日町
水戸徳川家
牛込
神田明神
神田川
外神田
向柳原
森田町
御米蔵
神楽坂
牛込御門
小石川御門
水道橋
天王町
浅草橋
柳橋
御竹蔵
昌平橋
筋違御門
和泉橋
柳原土手
両国広小路
本所
番町
市谷
田安御門
俎板橋
雉子橋御門
一ツ橋御門
内神田
馬喰町
両国橋
回向院
竪川
市谷御門
清水御門
神田橋御門
小伝馬町
今川橋
日本橋
新大橋
常盤橋御門
北町奉行所
小名木川
室町
江戸橋
麹町
半蔵御門
江戸城
呉服橋御門
南茅場町
仙台堀
深川
材木町
西之御丸
日本橋
組屋敷
八丁堀
永代橋
南町奉行所
鍛冶橋御門
京橋
霊岸島
富岡八幡宮
桜田御門
永田町
赤坂御門
西本願寺
数寄屋橋御門
石川島
越中島調練場
山王日枝神社
新橋
築地
佃島
溜池
幸橋御門
汐留橋

『蘇れ、吉原』主な登場人物

神守幹次郎／四郎兵衛（八代目）

豊後岡藩の馬廻り役だったが、幼馴染で納戸頭の妻になった汀女とともに逐電の後、江戸へ。吉原会所の七代目頭取・四郎兵衛と出会い、剣の腕と人柄を見込まれ、「吉原裏同心」となる。薩摩示現流と眼志流居合の遣い手。非業の死を遂げた七代目四郎兵衛の後を継ぎ、八代目頭取・四郎兵衛に就任した。頭取と裏同心の二役を務める。

汀女

幹次郎の妻女。豊後岡藩の納戸頭との理不尽な婚姻に苦しんでいたが、幹次郎と逐電、長い流浪の末、吉原へ流れつく。遊女たちの手習いの師匠を務め、また浅草の料理茶屋「山口巴屋」の商いを任されている。

加門 麻

元は薄墨太夫として吉原で人気絶頂の花魁だった。吉原炎上の際に幹次郎に助け出され、その後、幹次郎のことを思い続けている。幹次郎の妻・汀女とは姉妹のように親しく、先代伊勢亀半右衛門の遺言で落籍された後、幹次郎と汀女の「柘榴の家」に身を寄せる。

仙右衛門

吉原会所の番方。幹次郎の信頼する友。

桑平市松

南町奉行所定町廻り同心。幹次郎とともに数々の事件を解決してきた。

身代わりの左吉

罪を犯した者の身代わりで牢に入る稼業を生業とする。裏社会に顔の利く幹次郎の友。

嶋村澄乃

亡き父と七代目四郎兵衛との縁を頼り、吉原にやってきた。若き女裏同心。

新之助
水道尻にある火の番小屋の番太。澄乃と協力し、吉原の治安を守る。

玉藻
七代目四郎兵衛の娘。仲之町の引手茶屋「山口巴屋」の女将。

村崎季光
南町奉行所隠密廻り同心。吉原にある面番所に詰めている。

政吉
吉原会所の息のかかった船宿・牡丹屋の老練な船頭。会所の御用を数多く務める。

綾香
元は羅生門河岸の切見世女郎。人殺しがあった際、会所に助勢したのをきっかけに、会所の女衆となった。

長吉
吉原会所の若い衆を束ねる小頭。

金次
吉原会所の若い衆。

車善七
浅草溜を差配する頭。幹次郎の協力者。

彦左衛門（佐七）
浅草弾左衛門の後見人にして、灯心問屋の主。

浅草弾左衛門（九代目）
父である先代弾左衛門逝去後、十五歳でその跡を継いだ長吏頭。

蘇れ、吉原

——吉原裏同心（40）

序

寛政《かんせい》五年（一七九三）十月二十五日夕刻七つ（午後四時）時分、下谷茅町《したやかやちょう》二丁目付近より出火、この界隈《かいわい》の武家屋敷、町屋残らず北風に煽《あお》られて火は御城の堀に迫ったが日本橋川魚河岸《にほんばしがわうおがし》にて焼け止まった。

吉原会所《よしわらかいしょ》の八代目頭取四郎兵衛《とうどりしろべえ》は山谷堀《さんやぼり》に上がり、轟々《ごうごう》と音を立てて燃え広がる炎を見ていた。すでに初冬の五つ（午後八時）過ぎの刻限だ。大火事になる予感に四郎兵衛は苛《さいな》まれながらも、少なくとも炎の勢いは江戸の中心に向かっていることに安堵《あんど》していた。

「八代目、吉原をはじめ、この界隈が災禍《さいか》に見舞われることはなさそうな」

といきなり声がかかった。

「おや、佐七《さしち》さんでしたか」

長吏頭《ちょうりがしら》浅草弾左衛門《あさくさだんざえもん》の後見人《こうけんにん》、灯心《とうしん》問屋の主彦左衛門《あるじひこざえもん》だった。

「いえね、たしかに火事からこの界隈は免《まぬか》れました。されど吉原のお客人は大半が江戸府内《ふない》、はい、ただ今炎に見舞われている界隈にお住まいです。この不景気にかてて加えて店や住まいを焼失したとなれば、お客人の登楼《とうろう》など先《ま》ずあるまいと案じておりましたので」

「ううーん、四郎兵衛様も難儀《なんぎ》な折りに八代目に就《つ》かれましたな。たしかにこのご時世に大火事、どうしていいやら」

と佐七も唸《うな》った。

その表情を見た四郎兵衛が、

「なんぞ佐七さんにも懸念《けねん》がございますかな」

「ええ、まあ」

「なんでございますな」

「この一件、もうおひとりの神守幹次郎《かみもりみきじろう》様に相談したき話でしてな」

と佐七が答えた。

「四郎兵衛から裏同心に伝えますが、それでは済みませぬかな」

吉原会所の頭取四郎兵衛と陰の人神守幹次郎は一人二役《いちにんふたやく》の務めである。四郎兵衛が聞いたとなれば当然神守幹次郎が承知したということだ。そのことを佐七はとくと承知だ。

「いえね、八代目、かような大火事のあとは必ず灯心問屋に無頼《ぶらい》の渡世人《とせいにん》らが姿を見せましてな、『そのほうの灯心悪《あ》しきによって火事の火元となった。われらにそれなりの費《つい》えを支払え』と掛け合いに来ます。むろん公儀《こうぎ》の然《しか》るべき筋に了解を取っての話です。久しぶりの大火事の模様、一件に百両を支払うとしたら、無頼漢《かん》五人が訪れれば五百両の大金がふっ飛びまする」

「さようなことがございますので」

浅草弾左衛門の後見人はただ大火事見物に来て、四郎兵衛に話しかけたのではないことに気づかされた。

「佐七さん、裏同心神守幹次郎になんぞ願《ねご》うておられますかな」

「この話、神守様ならどう始末をつけられましょうかな」

浅草弾左衛門の後見人は、明らかに陰の人神守幹次郎の出役《しゅつやく》を願っていた。

「相分かりました」

とだけ四郎兵衛が承《うけたまわ》った。

第一章　相身互《あいみたが》い

一

火事が消えた日の昼見世《ひるみせ》前のことだ。

小頭《こがしら》の長吉《ちょうきち》が四郎兵衛の御用部屋を訪《たず》ね、

「四郎兵衛様、ちとお話が」

と願った。

番方《ばんかた》は火事の間吉原会所に詰めていて、火が消えて朝方、住まいに戻っていた。

おそらく夜《よ》見世の刻限に大門《おおもん》を潜《くぐ》ってこようと四郎兵衛も長吉も察していた。

「お入りなされ」

と応じた。

「いえ、報《しら》せにございます。廊下からで事が済みます」

と言った長吉が廊下に座し、障子戸《しょうじど》を開いた。

「なんでございましょう」

「昼見世の客の入りです」

「火が鎮《しず》まったのは最前です。本日客はありますまい」

との四郎兵衛の問いに長吉がしばし間を置いた。

「どうしなさった」

「八代目、昼見世に続々とお客人が」

「ございますので」

と反問した四郎兵衛の口調に戸惑《とまど》いがあった。

「はい、いつもの昼見世以上のお客人の到来《とうらい》にございます」

四郎兵衛は書きかけの文《ふみ》をそのままに立ち上がった。そして、会所の表には出ることなく裏口を経て大門前を見た。

たしかに着流しの客がひとりふたりと大門を潜り待合《まちあい》ノ辻《つじ》に姿を現すのを見た。

武家方も町人もいた。

(なんということが)

面番所《めんばんしょ》前には南町奉行所隠密廻《おんみつまわ》り同心村崎季光《むらさきとしみつ》が無精《ぶしょう》ひげの顎《あご》に手を当てて、到来の客を見ていた。そんな村崎同心が四郎兵衛に気づいて、

（おいでおいで）

と手招《てまね》きした。

「なんぞ御用ですかな」

「そのほうと同じ考えよ」

「ほう、私の考えが察せられますか」

「おうさ、本日、なぜかように客が大勢大門を潜るか、と訝《いぶか》しく思うておらぬか」

「昼見世の刻限間近です。なんら不思議はありますまい」

「言うな、なりたての八代目。大火事のあとじゃぞ、江戸府内はひどい被害である、わしは昼前に火事場を見物して参った」

「さすが敏腕《びんわん》の村崎同心様、ところで八丁堀《はっちょうぼり》の被害はいかがですかな」

「日本橋川の左岸《さがん》、魚河岸辺りで火は消えたゆえ、八丁堀の与力同心屋敷はなんとか焼失を免れたわ」

「それは上々吉《じょうじょうきち》にございましたな」

「おう」

と返事をした村崎が、

「そのほう、話柄《わへい》を変えおったな。大火事のあとに続々と客が来るのはどういうことだ」

「それは私に訊《き》かれても答えられませぬ。村崎同心様は最前から大門前に詰めておられた様子、お客人に尋《たず》ねられませんでしたか」

「昼見世の客は武家方が多いわ。『昼見世に何用あっておいでですか』などと間抜けな問いができるものか」

「おお、これはしたり、迂闊《うかつ》にも愚《おろ》かな問いを発しましたな。とは申せ、見ておりますと、職人衆と思《おぼ》しきお客人をお見かけしますな。そちらには糺《ただ》されませんでしたかな、村崎様」

「敏腕なるわしじゃぞ、むろん面番所の前に招いて糺したわ」

「さすがは南町奉行所一の村崎様、怠《おこた》りはありませんな。その返答はいかがでしたかな」

ふっ、と思わず息を吐いた村崎が、

「わしが糺したところ、『これはこれは面番所の隠密廻り同心様、御用ご苦労にございますな、わっしの七分《しちぶ》どおり出来上がった普請場《ふしんば》が燃え落ちましてな、不意に仕事を失いました。まあ、そんなわけで馴染《なじみ》の君香《きみか》に面《つら》を見せに来たんでございますよ』とわしの手に一朱《しゅ》を握らせたではないか。たった一朱だぞ、せめて二朱なりとも渡せぬか」

とぼやいた。

「ほうほう、謹厳実直《きんげんじっちょく》な村崎同心、一朱を突き返されましたか」

「馬鹿を申せ、たとえ一朱とてわしの手に渡った銭《ぜに》だぞ」

「受け取られましたか」

「おい、四郎兵衛、わしが一朱程度で転ぶと考えおった客の魂胆《こんたん》が腹立たしいわ。あやつ、今ごろ、君香とやらに会《お》うて乳繰《ちちく》り合っていような。せめて二朱は出せなんだか」

と村崎同心が役人とも思えぬぼやきを繰り返した。

四郎兵衛はなんとなくこの客層の正体に察しがついていた。

「村崎様、つい先日、耳にした噂《うわさ》話ですがな、近ごろ面番所の同心の評判悪《あ》しということで、同心の行状《ぎょうじょう》を密《ひそ》かに見張るお目付臨時同心なる輩《やから》を配するとか、すでに配したとか。その輩らが面番所同心どのの行状を知るとなると、厄介《やっかい》ではございませんかな」

「な、なにっ、お目付臨時同心じゃと。わしはそやつらに目をつけられる真似はしておらんぞ」

「最前、一朱を受け取られたと申されましたな」

「四郎兵衛、そなたとわしの間柄《あいだがら》じゃぞ、冗談と分からんおぬしではあるまい」

「おお、あれは冗談でございましたか。では、一朱は受け取られなかったので」

「ああいや、手中《しゅちゅう》にあるな」

と村崎同心が掌《てのひら》を開いた。すると握りしめていた一朱が見えた。

「まずいな、まずうございますぞ」

「たった一朱じゃぞ、それに銭に名など認《したた》めてあるまい」

「お目付臨時同心なる輩の取り調べは厳しゅうございますぞ」

「このことを承知なのは四郎兵衛、そのほうだけ」

「それがし、生涯公明正大《こうめいせいだい》に生きていこうと思うておりましてな。とくに官許《かんきょ》の吉原会所の頭取を引き受けて以来、この決意は固《かと》うございます」

「そなた、吉原会所を監督差配《さはい》する面番所のわしを見ず知らずのお目付臨時同心に売るてか」

「はあ、なんとも言いようがございませんな。親しき付き合いの村崎同心様か、顔も見たことのなきお目付臨時同心か、どちらに加担《かたん》致すか」

「それはもう、わしだ。そなたの直属の上役《うわやく》といえる村崎季光じゃぞ」

しばし村崎の顔色を窺《うかが》っていた四郎兵衛ががくがくと頷《うなず》いた。

「おお、その代わりな、そのほうが困った折りには味方致すでな」

と言い切る村崎を見直して、

「その言葉、お忘れなきよう」

と応じた。

夕刻のことだ。夜見世前に大門を潜ろうとした番方の仙右衛門《せんえもん》は、五十間道《ごじつけんみち》で早々に八丁堀の役宅《やくたく》に引き上げる村崎同心とすれ違った。

「村崎様、ちと伺《うかが》いますが昼見世はどうでしたな」

「客の入りを訊いておるか」

「むろんそのことです」

と大門にいそいそと向かう客の姿を見て仙右衛門が訝しげに応じた。

「それがな、このところの客の入りより宜《よろ》しいのだ」

「宜しいと申されるは多いということですな」

「その他にどう考えればいい」

「どういうことでしょうな」

「わしは吉原会所の者ではないぞ。そなたらを監督差配する面番所の同心であるわ。わしはなにもお目付臨時同心などに目をつけられる所業はなしておらぬぞ」

「お目付臨時同心とはなんですな」

「知らぬのか、わしら同心の行状を見張る輩よ」

「村崎様よ、わっし、生まれ育ちも廓内《くるわうち》、大人になって以後は吉原会所勤めですが、さような役職は聞いたこともなし」

「わしも知らなかった」

「だれが申されましたので」

「そのほうの上役、吉原会所の八代目頭取よ」

「ほうほう、四郎兵衛様がね」

と応じて得心した番方だったが、理解できないのはこの客の入りだった。

仙右衛門は御用部屋で八代目の四郎兵衛と対面した。

「八代目、お目付臨時同心とは考えられましたな」

「おお、あのことですか。町奉行所の同心がた、臨時がつく役職には警戒するというか、煙たがりますでな。なんとのう思いつきで申し上げました」

「やはりそうでしたか。あのお方はどうやら信じておられる様子、当分お目付臨時同心の役職を利用させてもらいましょうかな」

「あのお方、同輩《どうはい》とも下役《したやく》とも親しげな付き合いがございません。意外と効き目があるやも知れませんな」

と四郎兵衛と番方が頷き合った。

そこへ澄乃《すみの》と綾香《あやか》が茶をふたりの重役《おもやく》に供すべく運んできた。

「有難い」

仙右衛門が早速《さっそく》手を伸ばした。

心得顔の綾香は御用部屋からさっさと下がった。羅生門河岸《らしょうもんがし》の切見世《きりみせ》（局見世《つぼねみせ》）女郎《じょろう》だった綾香は吉原会所にすっかり馴染んでいた。

一方澄乃は、ふたりからなんぞ命じられるかという風情《ふぜい》でその場に残った。

「八代目、わっしがわけが分からねえのは客の入りですよ。言うまでもありませんが、大火事が消えたばかりの江戸ですよ。吉原にこれだけの客が姿を見せるということをどう考えたらようございましょうな」

茶碗を手にした仙右衛門が言い出した。

「番方は本日どちらから参られましたな」

「むろん柴田《しばた》診療所の敷地にある離れ屋から参りましたが、それがなにか」

「浅草山谷から寺町《てらまち》を抜けて参られましたかな、それとも日本堤《にほんづつみ》（土手八丁《どてはっちょう》）を通ってこられましたかな」

「へえ、寺町を抜けて、昔の住まいの元吉町《もとよしちょう》から見返り柳《みかえりやなぎ》を見ながら土橋《どばし》を渡って衣紋坂《えもんざか》に抜けましたな」

「となると衣紋坂で最初に大門へと向かうお客人の姿を見られた」

「へえ」

と応じる仙右衛門と四郎兵衛の問答を澄乃は黙って聞いていた。

その澄乃へと四郎兵衛の目線が向けられた。

「私は柘榴《ざくろ》の家に昨夜は泊まりましたゆえ、火事場を見廻り、今戸橋《いまどばし》から日本堤を見返り柳へと歩いて参りました」

「昼見世前ですな」

「はい」

と頷く澄乃に四郎兵衛が質《ただ》した。

「昼見世に向かう遊客《ゆうかく》を最初に見たのはどこでしたかな」

「初めて会ったのは今戸橋の船宿《ふなやど》辺りからでございました」

「そのお客人は柳橋《やなぎばし》の船宿の猪牙舟《ちょきぶね》を利用して今戸橋の船宿に上がった客ですかな」

官許の吉原に江戸府内から遊びに来る客は、主に柳橋から猪牙舟を願って今戸橋の船宿に向かうのを「粋《いき》」と考え、利用した。

「いえ、大火事に見舞われた神田川《かんだがわ》の南側の船宿では火を避けて猪牙舟も屋根船も川向こうの本所深川《ほんじょふかがわ》に逃れる馴染の客を乗せていき、あちらに留まった様子。柳橋の船宿には火は入りませんでしたが、さすがに舟で吉原に向かう客がいるとは思われません」

と澄乃が言い切った。

「となると昼見世、そして、夜見世目当ての客人はどこから参られたか、調べられましたかな」

四郎兵衛が澄乃に質した。

「今戸橋の左岸界隈からかと推量しました」

「なに、今戸橋北詰から吉原へ大勢の客が現れたってか」

仙右衛門がふたりのやり取りに口を挟んだ。

一人二役の四郎兵衛のもうひとつの顔は陰の人、裏同心である。となると澄乃とは同輩だ。

しばし三人は無言で互いを見合った。澄乃には考えがあるようだが、口にしなかった。

「私の推量です。九代目にあられるお方が配下の者に命じられてのお客人かと思います」

「なんと九代目長吏頭の浅草弾左衛門様の指図《さしず》と申されますか。十五歳の九代目が吉原のためになされましたか」

仙右衛門が首を捻《ひね》って自問するように呟《つぶや》いた。

以前に当代の四郎兵衛から訊かれた際、浅草弾左衛門こと矢野《やの》弾左衛門について知識を披露《ひろう》したのは番方だった。これを受けて四郎兵衛は、弾左衛門とふたりだけで面談していた。

「弾左衛門様の配下は、えた身分五千六百六十四軒、非人身分一千九百九十五軒、猿飼など六十一軒でしたな。公儀の手が入らぬ陰の支配地は、関八州《かんはっしゅう》・伊豆《いず》をはじめ、駿河《するが》、甲斐《かい》、陸奥《むつ》三国の一部と申されましたな、番方」

「いかにもさようと心得ています」

と答えた番方だが、当代の四郎兵衛はすでに十五歳の長吏頭と親密な交友をなしているのかと、内心驚愕《きょうがく》した。

「つまり長吏頭の支配下にはさまざまな身分に扮《ふん》して客となり、吉原の大門を潜る充分な人材がおられるということ」

と四郎兵衛が言い切った。

仙右衛門は無言で沈思《ちんし》し、

「過日、八代目はかようなことを弾左衛門様に願われましたかな」

と問うた。

「長吏頭どのにさような不躾《ぶしつけ》な願いができましょうか」

「で、ございましょうな。こたびのこと、九代目弾左衛門様の独断と考えて宜しゅうございますかな」

いえ、と四郎兵衛が首を横に振った。なにか言いかけた仙右衛門を手で軽く制した四郎兵衛が、

「吉原の苦境《くきょう》を察した弾左衛門様のご厚意《こうい》かと存じます」

「うーん」

と唸った吉原会所の老練《ろうれん》な番方が、

「公儀に浅草弾左衛門様と四郎兵衛様の親密なる交友が知られることはなんとしても避けとうございます」

御免色里《ごめんいろざと》の吉原は当然公儀の差配下にあった。それに対して浅草弾左衛門が支配する領地と領民は、公儀が支配するそれとは異なり、えた、非人身分で構成されていた。つまり公儀が光なればえた、非人身分の世界は影と対照的であった。

江戸幕府は光と影の二面によって出来上がっていた。

御免色里の主導者たる八代目四郎兵衛が陰の領地と領民を支配する九代目と信頼関係を保つとなると、えた衆の吉原遊廓への出入りを禁じてきた公儀の矛先《ほこさき》は、当然吉原に向けられると思われた。

「はい、いかにもさようです。ゆえにただ今のお客人の身分が弾左衛門様の支配下にあることを知られてはなりませぬ。茶屋《ちゃや》も妓楼《ぎろう》もお客人を有難くもてなし、喜んで大門を出ていかれるように、番方、吉原会所は務めねばなりませぬ」

四郎兵衛はあっさりと口にしたが、番方にとって難儀極《きわ》まる注文であった。

「よいですか。本日のお客人のおひとりでも不快を与える扱いをなしてはなりませぬ。それは偏《ひとえ》に当代の浅草弾左衛門様の面目《めんもく》をこの八代目の四郎兵衛が、吉原が潰すことになります、お分かりですか」

「八代目、大変難しい注文です」

仙右衛門の顔は引き攣《つ》っていた。

ふたりの問答を澄乃は無言で聞いていた。吉原に関わりを持つようになって、かような険《けわ》しい問答を聞いたことがない。番方にとっても、そして四郎兵衛にとっても譲れないものだった。

「この話、四郎兵衛様とわっし、ふたりだけが承知して事に当たれと申されますか」

仙右衛門は陰の女裏同心を数に加えなかった。

「いかにも、そなたと八代目四郎兵衛が了解するのみ、表に出してはなりませぬ」

最後の通告と思える言葉を吐いた四郎兵衛が仙右衛門を見た。明らかに番方には迷いがあった。

「番方仙右衛門の行いが公儀の触れに反した折りは、黙認した私もいっしょに厳しい責めを負いますぞ」

と今ひとつ息を吐いて、ふうっ、仙右衛門が、

と言い切った。命を懸けた話と暗に言われた仙右衛門が、ふうっ、と今ひとつ息を吐いて、

「承知しました」

と受けた。

二

夜見世前、裏同心姿の神守幹次郎は吉原会所の裏口からぶらりぶらりと蜘蛛道《くもみち》に出て、浄念河岸《じょうねんがし》(西河岸《にし》)のどぶ板を鳴らしていた。着流しの腰に無銘《むめい》の剣を一本差しにして破れ笠《やぶれがさ》で顔を覆《おお》っていた。吉原に不慣れの者には何者か推量ができない形《なり》だった。いきなり、

「浪人《ろうにん》さん、上がっていきなよ」

と声をかけて袖《そで》を引く者がいた。

幹次郎は馴染のない声音《こわね》に足を止めたが、なにも言葉は発しなかった。周りの女郎たちはふたりのやり取りをそ知らぬ顔で聞いていた。

「初めてじゃないいんだろ」

どことなく在所訛《ざいしょなま》りが残る声が念押しした。

「そなた、浄念河岸にいつ移ってきたな」

「浪人さんよ、切見世のアカはついてないよ、まっさらだよ」

「さようか、ならばそのことを客に訴えよ」

しばし相手は沈黙し、袖から手を離した。

「素見《ひやかし》かえ、おまえさん」

「まあ、そんなところだ。名はなんという」

「素見に名など言えるもんか」

との言葉に幹次郎は開運稲荷《かいうんいなり》へと歩を進めた。

「畜生《ちくしょう》、何様と思ってやがるんだ、貧乏浪人が」

との悪態《あくたい》が幹次郎の背を追ってきた。

(なんとしても浄念河岸の切見世女郎として生き抜け)

と幹次郎は念じながらどぶ板を新たに踏んだ。

吉原で一ト《ひ》切《きり》百文《もん》、線香一本が燃える暇に客の相手をするのが最下層の切見世女郎の暮らしだ。

幹次郎は浄念河岸を開運稲荷に向かう歩みを左に向け、一本の蜘蛛道に入り込んだ。

異臭と絶望が鼻についた切見世から蜘蛛道に移り、吉原の五丁町《ごちょうまち》を支える住人らの地味な暮らしが見えた。こちらは浄念河岸の絶望は希薄な代わりに日々の慎《つつ》ましやかな暮らしの空気が漂っていた。狭い路地に洗濯ものが干され、夕餉《ゆうげ》の仕度のにおいが漂ってきて、幹次郎をほっとさせた。

「裏同心の旦那、見廻りかえ」

仕事を終えて蜘蛛道の部屋に戻ってきた大工《だいく》の与三吉《よさきち》が幹次郎に声をかけた。

「これから湯かな」

「おお、急がなきゃあ、湯屋が仕舞っちゃうぜ。汗まみれの体で床《とこ》に入りたくはねえやな」

と応じた与三吉が道具箱を部屋に入れ、

「おまえさん、風呂代と手拭《てぬぐ》いよ」

と女房のきよから渡されたその声を聞きながら蜘蛛道を進んでいく。

ふいに長屋が途切れ夕暮れの空が見えた。

吉原の中の極楽《ごくらく》と称《しょう》される天女池《てんにょいけ》だ。

この場所が極楽と称されるのは、野地蔵《のじぞう》のお六《ろく》地蔵とその地蔵に枝を差しかけるように老桜《おいざくら》があるからだ。そんなお六地蔵の前に澄乃が腰を下ろして合掌《がっしょう》し、会所の飼犬の遠助《とおすけ》がその傍《かたわ》らに控えていた。

幹次郎はゆっくりとお六地蔵に歩み寄った。

すると最初に幹次郎の気配を察したのは女裏同心の澄乃だった。背が物語っていた。老いた遠助は神守幹次郎の接近に気づいていなかった。

幹次郎は、日一日と老いが募《つの》る吉原会所の飼犬の頭を撫《な》でた。すると、遠助が振り返り、尻尾《しっぽ》をゆっくりと振った。

そのとき、五丁町から清掻《すががき》の調べが聞こえてきた。

夜見世の始まりだ。

「神守様、お客様は、浅草弾左衛門様のご厚意ですか」

お六地蔵の前から立ち上がりながら幹次郎を見た澄乃が、念押しするように質した。

澄乃は番方の仙右衛門と四郎兵衛の問答を聞いていたのだ。それでも一人二役の神守幹次郎に質したくて、見廻りに出た幹次郎を天女池で待ち受けていたようだ。

「間違いない」

と幹次郎が言い切った。

「十五歳の長吏頭がお考えになったのですね」

「番方にも四郎兵衛様が説明されたであろう。それがしにも弾左衛門様の厚意以外考えられぬと思える」

澄乃は間を置いた。

「神守様にお尋ねしてようございますか」

「われら、ふたりしかおらぬ吉原会所の裏同心仲間だ。遠慮は要《い》らぬ」

「はい」

と応じた澄乃だが、番方と四郎兵衛の問答を聞いて以来思案してきたことを直《す》ぐには口にしようとはしなかった。

「そなたも、四郎兵衛様と長吏頭の弾左衛門様の付き合いを案じておるか」

「はい」

「十五歳の若者の考えとは思えぬな」

「えた非人を数多《あまた》率《ひき》いるお方は並みの十五歳の若者とは違いましょう。それはそれで推量がつきます。されど番方の懸念は、おふた方の交友を知った公儀がどのような対応に走るかということ、神守様はどう考えられますか」

と質した。

「あの場にいたそなたは四郎兵衛様の考えを聞いたはずだ、理解できぬか」

「正直に申し上げると四郎兵衛様のお考えに身震《みぶる》いしました」

澄乃の正直な言葉について幹次郎は思案した。

「四郎兵衛様の気持ちを察するに、吉原にとって有難いと同時に危険な立場に追い込まれたと承知しておられよう。すなわち十五歳の長吏頭の厚意を有難く受け止めるしかあるまいと覚悟されたのであろう」

「神守様、四郎兵衛様と弾左衛門様の間に番方も知らぬ秘めごとが交わされたのでございましょうか」

「さあてのう。ご両人が膝を交《まじ》えて話されたのは、そなたも承知のように初めての対面の際のみ、ただの一度」

「はい、ただの一度だけでございます。両人が面談なされてよりさほどの日にちも経《た》っておりませぬ。弾左衛門様のお考えで、苦境の吉原を救うために配下の方々を客人らしく装わせて大門を潜らせる命《めい》を下された」

「そなたは公儀がこの客の正体に気づくと言うか」

幹次郎の問いにこくりと澄乃が頷き、告げた。

「その折り、公儀のお咎めの矛先はまず吉原に向けられます」

「であろうな。ゆえに四郎兵衛様は番方に決して悟られてはならぬと命じられた」

「番方は吉原が陥《おちい》った苦境をどうしていいか、苦悶《くもん》しておられましょう」

「廓内に生まれ育った番方にとって吉原は唯一の居場所、それが潰されるとしたらとても直視できまいな」

「その仙右衛門様のお気持ちをとくと知る四郎兵衛様は知った上で無理を申された」

「と聞いておる」

と幹次郎は答えるしかなかった。

「四郎兵衛様は番方に生死をかけたと同様の無理難題を命じられたと私は感じました。なにしろ公儀の触れに反する行いです」

澄乃の厳しい言葉に幹次郎は首肯《しゅこう》した。

「裏同心の神守幹次郎様はどうお考えになられますか」

「それがしの主は吉原会所の八代目ただおひとり、黙って受け止めるしかないわ」

むろん四郎兵衛と幹次郎の一人二役を重々承知している澄乃は、そのことを口にしなかった。代わりに話柄を進めた。

「吉原会所の八代目四郎兵衛様とえた頭の浅草弾左衛門様の交友を知ったとき、公儀は吉原会所を一気に潰されましょうか」

と念押しするように問うた。

「澄乃、そなた、最前、客の正体が知れたら吉原に公儀のお咎《とが》めの矛先が向けられると申さなかったか」

「はい」

「われら陰の者、裏同心はどう行動すればよいと思うな。今回のことばかりではない。これからも弾左衛門様と四郎兵衛様のお付き合いが続くかぎりそなたも危ない橋を渡ることが増えよう」

「神守様、そのことに思い至らぬゆえ、こうしてお待ちしていました」

「澄乃、それがし、先代の四郎兵衛様に汀女《ていじょ》とふたりして拾われたことは、そなたとくと承知じゃな」

「はい」

「先代四郎兵衛様と当代の四郎兵衛様の考えは違うと思うか」

「いえ、それは」

と澄乃が言葉を途中で呑《の》み込んだ。

「澄乃、われらはこの一件について口出しする権限はなんら持っておらぬ。だが、己がどう思案するか考えることは勝手であろう。澄乃は澄乃で考えよ、その結果、『私には無理』と思うたとき、吉原の勤めを辞することがあってもそれはそなた次第、若いそなたが命を懸けることはない」

「さようなことができましょうか」

「己の行く道を選ぶのは当人のみ。それがしもまた、なにができるか思案した上で動くことになろう」

と幹次郎が言い切った。

「………」

「澄乃、考えが決まった折り、お六地蔵に本心を伝えよ。それがしはそなたの思いを素直に受け止める」

澄乃は幹次郎の言うことをどこまでまともに受け取るべきかと戸惑いを感じた。

吉原会所の八代目頭取四郎兵衛と裏同心神守幹次郎は、同一人物なのだ。幹次郎が澄乃に述べたように、

「それがしの主は吉原会所の八代目ただおひとり、黙って受け止めるしかないわ」

との言葉と、

「己の行く道を選ぶのは当人のみ」

と主張した意とは矛盾《むじゅん》しているように思えた。

神守幹次郎はありえない道を歩くことがあるのか、澄乃の胸の内は混乱していた。と同時に、一人二役とは申せ、立場で進むべき方向が違うことがあるのかどうか迷っていた。

はたと思った。

同じ陰の人でも澄乃とは違い、神守幹次郎は相反する考えを秘めた分身四郎兵衛の立場を考慮する厄介があった。澄乃よりも幹次郎の選ぶ道は、番方と同じように困難を極めると想像された。

「神守幹次郎様、なんぞ決断した折りには、お六地蔵様に伝えます」

澄乃は返答すると遠助を連れて仲之町《なかのちょう》に抜ける蜘蛛道に姿を消した。

幹次郎はしばしその場に留まった。なんら当てがあってのことではない。またなにを思案する気もなかった。

（一人二役がこれほど難しい生き方だとは考えもしなかった）

そのことが脳裏《のうり》にへばりついていた。

（どうすればよいのか）

幹次郎は眼前のお六地蔵を見ていた。

紅葉した桜の葉が風に吹かれたか、ぱらぱらと天女池に散ってきた。ただその老桜《おいざくら》の営《いとな》みの一端《いったん》を眺めていた。

どれほど時が経ったか。

五丁町の灯《あか》りがわずかに天女池にも漏れてきた。

人の気配が蜘蛛道でした。

幹次郎が見ると松葉杖《まつばづえ》を突いた足の不じゆうな人影が幹次郎に歩み寄ってきた。

「まだおられましたかえ」

水道尻《すいどじり》の火の番小屋の番太《ばんた》の新之助《しんのすけ》だ。

「澄乃に聞いたか」

「へえ、それが四半刻《しはんとき》（三十分）も前のことですぜ」

「なに、さような長い時をそれがし、この場でぼうっと過ごしたか。会所の御用を忘れてまでな」

「神守様の御用は多忙極まれりだ。ときに独《ひと》りになって、ぼうっとするのも大事なことですぜ。ああ、番太としたことが吉原会所の裏同心にえらそうなことを申しましたな」

「そうか、澄乃がそれがしのことをそなたに訴えおったか」

「いえね、遠助を連れて立ち寄ってね、天女池で神守の旦那に会ったと言って会所に戻っていきましたぜ。大火事のあとだ、吉原は不景気かと思ったら、とんでもない。なかなかの客の入りだ。となると、廓内にさほどの難儀はなさそうだ」

「おお、それがしもそのことをいちばん案じておったがな、有難い客足だな」

「いつもの客人とさ、客層が違いますな。慣れない遊里というので大騒ぎする客もいるがね、遊び慣れた大人の客というのかね」

「まあ、そんな客筋だな」

「もちろん川向こうから遊びに来る馴染客もいるがね、その者たちが驚いてましたぜ」

「なにに驚いたというのだな」

「へえ、つい最前のことさ。おれが承知の馴染客がな、『大火事のあとでよ、客がいねえかと思ったら、結構いるじゃないか。江戸っ子も捨てたもんじゃないな、景気づけに来るなんてよ』ってね」

「そうか、景気づけに来てくれたのであろうか」

「と、思いませんかえ、神守様よ」

「澄乃はどう言うておったな」

「いえね、客足を見てさ、深刻な顔をしてさっさと会所に戻っていったからね、話なんてしていませんや」

「そうか、澄乃も早々に会所に戻ったか。それがしも無為《むい》に考えごとなどしていてはならんな」

「神守の旦那も会所に戻られますかえ」

「なにかあるかな」

「ちょいとね、気になる話を聞いたのさ」

「なんだな、その話とは」

「人それぞれ見方が違うもんだな。最前、今吉原に来ているのは遊び慣れた大人の客だと言ったよな」

「申したな。景気づけに来てくれたとも申さなかったか」

「おお、おれの顔馴染の客の言葉よ」

「その客とは違う話があるのか」

「別の客でさ。こいつはさ、深川のちんけな女郎屋の持ち主よ、ときにな、吉原に流行《はや》りの遊びや化粧法を見に来てな、自分の妓楼の女郎に真似させるのよ。おれとは、おれが奥山《おくやま》の芸人だったころからの友達《だち》でさ、吉原になにしよう、かにしようという手合いじゃねえや。まあ、仕事熱心な、深川櫓下《やぐらした》の岡場所《おかばしょ》の主さ」

「ほう、その朋輩《ほうばい》がなんと言うたな」

「おう、それだ」


「新之助、本日の客は変わってやがるな。長続きしないぜ、まあ、半年かねえ」

「半年も続けば御《おん》の字じゃねえか、吉原にとってよ。火事場でよ、普請が始まれば、火事以前の馴染の職人衆が懐《ふところ》に銭を突っ込んで吉原に戻ってこようじゃねえか。木八《きはち》の旦那」

「うん、そちらは案じてねえさ。ただ今の客筋のことさ、深川の貧乏遊里の客筋とも違うな、どこから湧き出てきたんだ。吉原の肌合いとも、うちのような櫓下の岡場所の客とも違うぞ」

「——とね、首を捻ってやがった」

「ほう、客筋が違うね。大人しく遊んでくれる客ならば、うちにとって有難い客とは言えぬか」

「そこでさ、親父の代から深川の岡場所で生まれ育った木八の旦那はね、御免色里の吉原だろうと、うちみたいな深川の櫓下だろうと、女郎たちの励みになる客もいれば、女郎にべた惚《ぼ》れして足抜《あしぬき》を企《くわだ》てる客もいると言うんだよ。どんな客も遊里にとって最初は有難い客さ、きちんきちんと遊び代を払ってくれるかぎりね。ところが女郎に惚れて、女郎も客に惚れて足抜を考える手合いだと厄介だよな、こたびの吉原の客筋が後の口の客筋に似ているというのさ。

神守の旦那、こんな木八親方の言い分が分かるかえ」

「ううーん」

と幹次郎は唸った。

「分かったような、分からないような理屈じゃな」

「だろ、大した話ではないとは思ったがさ、なにしろ木八の旦那は」

「親父の代からの櫓下の女郎屋だというのであろう。そなたの朋輩の木八の旦那は次にはいつ来るな」

「さあてね、このたびも大火事のあとというんで吉原の様子を窺いに来たんだ。次が来月なんてことはねえな、何年も先にふらりと来るかね」

「深川櫓下のなんという女郎屋だね」

「岡場所きはち、主の名そのものが女郎屋の名だ。神守の旦那も気になるかえ」

「いや、さような女郎屋の主の見方は吉原にとっても貴重と思えてね、いつの日か、話を聞いてみたいなと思ったのさ」

「ならばおれの名を出してみな、話し好きだからあることないことくっ喋《ちゃべ》るぜ」

「相分かった」

と神守幹次郎は新之助とお六地蔵の前で別れた。

深川の妓楼の主の見方は、えた身分の者たちが十五歳の長吏頭浅草弾左衛門に命じられて俄《にわ》かに吉原の客になったことを見事についていないか、幹次郎は木八の指摘にいささか驚いていた。

三

幹次郎は新之助と別れたあとも仲之町を横切り、江戸《えど》町《ちょう》二丁目を遊客然として見廻りを続けた。木八の言葉が頭にこびりついていた。そのせいか、浅草弾左衛門配下の「客」と昔ながらの馴染客には違いがあると理解した。

どちらの客も大籬《おおまがき》（大見世《おおみせ》）の客筋ではない、中見世《ちゆう》（半籬《はん》）や小見世《こ》（総《そう》半籬）の客だ。ために老舗《しにせ》の大籬と密につながる七軒《しちけん》茶屋に上がる客ではない。いきなり妓楼に行き、馴染の遊女を指名して楼に上がる客は、吉原をとくと承知の馴染客だ。もう一方は、張見世の前で恥ずかしげに覗《のぞ》き込み、遊女に吸い付け煙草《たばこ》を差し出されておずおずと受け取り軽く吸って立ちすくみ、妓夫《ぎゆう》と呼ばれる呼び込みに誘われるままに暖簾《のれん》を潜る手合いだった。

江戸町二丁目の中見世の一軒からふらりと男が現れた。客ではない、喜助《きすけ》とか廻《まわ》し方《かた》と呼ばれる男衆《おとこし》で客が上がった二階での雑用すべてをこなす使用人だ。破れ笠に顔を半《なか》ば隠した幹次郎をじろりと見た。長年、客を見てきた喜助の視線だった。

「なんだえ、会所の裏同心の旦那かえ、見廻りかね」

「喜助さん、商いはどうだな」

名を知らないので幹次郎は職名で呼んで訊いた。

「おお、大火事の直後というのにそれなりの客が上がっているぜ。うちの妓夫に言わせると、えらく素直な客だというがね」

「在所から江戸に出てきたお客人かね」

と幹次郎は訊いてみた。

「いや、在所者じゃないね、だがよ、江戸っ子や川向こうの遊び人でもねえな。どこからあんな初心《うぶ》な客が現れたかね」

小見世の妓夫に声をかけられて顔を赤くしている若い衆《わかいし》を、喜助が顎で指して幹次郎に教えた。

「たしかに遊び慣れていないな」

「ああ、こんな客ばかりなら妓楼の番頭さんも楽だよな、女郎には親切、遊び代はきちんと払うからな。大火事で焼死しなかったってんで、吉原に駆け込んできたかね」

と喜助が言った。

「まあ、かようなご時世に有難い客ではないか、大事にしなされ」

と言い残した幹次郎は羅生門河岸の木戸を潜った。

するといきなり切見世女郎のあえぎ声が聞こえてきた。羅生門河岸にもそれなりの客が入っていると思えた。

幹次郎は明石稲荷《あかし》に向かってゆっくりどぶ板を踏んで進んだ。

その眼前に白く化粧で皺《しわ》を隠した手が伸びてきて、途中で止まった。

「なんだえ、裏同心の旦那かえ。羅生門河岸にこれだけ客がつくというのに、うちは素通りだよ。なんぞ引き留める手立てはないかね」

とぼやいた。

「あればな、苦労なしだがな」

「そうだ、綾香姐《ねえ》さんは吉原会所の女衆《おんなし》に鞍替《くらが》えしたってね、うちら、姐さんがいなくなって困っているんだよ」

「借りた金子《きんす》を返したいか。それがし、綾香に渡してやろうか」

そんなことはありえぬと承知していながらも幹次郎は申し出た。

綾香は羅生門河岸にいた折り、朋輩の女郎に金を貸していた。綾香は金貸しで利を得ようとしてではなく、困った朋輩を助けるために小金を貸していたのだ。そして、人殺しの騒ぎに関わり、吉原会所に助勢したのをきっかけに切見世女郎を辞めて吉原会所の女衆に鞍替えした。

綾香には抱《かか》え主《ぬし》はおらず借財はどこにもなかった。反対に朋輩衆に貸した金子がそれなりに残っていた。だが、綾香は貸した金のことは一切忘れるという。そんな綾香を会所が引き取ったのだ。

幹次郎は切見世女郎が綾香に小金を借りていたと推量し、戯《たわむ》れを言ってみたのだ。

「裏同心の旦那、冗談はなしだよ。金を返せるくらいなら綾香姐さんの顔は浮かばないよ。客がつかなくてさ、金を借りたいのさ」

「綾香はもはや金子を貸すことはあるまい。なんとなく吉原会所の女衆に居ついたでな」

「私もそんな口はないかね、汀女先生の亭主よ」

「そうじゃな、さような口があれば声をかけよう」

と応じた幹次郎は明石稲荷の前で足を止め、なにがしか銭を賽銭《さいせん》箱に放り込んだ。そして、こたびの客筋のことを綾香がどう見ているか、訊いてみようと思いついた。

伏見町《ふしみちょう》の小見世、一番楼《いちばんろう》の前で喚《わめ》き声が上がった。

「おい、てめえ、おれの馴染の女郎に声をかけやがったな。おりゃ、長年、みどりの情夫《まぶ》なんだよ」

と言った職人風の男が太い腕の袖をたくし上げ、遊び慣れない若い衆を殴ろうとしていた。

「留五郎《とめごろう》さんよ、こちらさんが先なんだよ。すまねえがしばらくあとにしてくれないか」

「おい、喜助、てめえ、何年この楼の呼び込みをやってやがる。おれの顔を忘れたわけじゃあるめえ」

「留さん、吉原の小見世の仕来たりは、ひと声でも早く格子《こうし》越しに声をかけ、女郎が頷いた瞬間に順番が決まるんだ。頼むよ、ちらりと廓内を歩いてきてくれないか」

「いや、ならねえ。おりゃ、こやつの面を承知してんだ、こんな生《なま》っ白《ちろ》い男をみどりと寝させてたまるか」

「留さん、頼まあ。吉原の小見世はよ、身分など関わりなし、早い客勝ちは承知だろうが」

と呼び込みが必死で説得しようとした。

「おお、ならばこやつがどこの出か言ってやろうか」

留五郎が若い客を睨《にら》んで口を開こうとしたとき、幹次郎がいささか上気《じょうき》した客の前に立ち塞《ふさ》がった。

「お客人、野暮《やぼ》はなしだ」

「てめえはなんだ、こいつの朋輩《だち》か」

と破れ笠を摑《つか》んで顔を見た。

「ああー、会所の裏同心かえ」

「留五郎さんと言いなさるか。しばしお付き合いを願おうか」

「お、おりゃ、裏同心の旦那と付き合いなんぞしたくねえ」

「留五郎さん、五十間道にうまいだんご屋があるんだ、どうだね、偶《たま》には吉原会所の陰の者といっしょにだんごを食おうか」

留五郎の振り上げた手首を捻《ね》じり上げた幹次郎が、

「そちらのお客人、迷惑をかけたね、みどり姐さんと仲良くな」

と言いながら大門へと連れていった。

「い、痛《いて》えや」

「騒ぎなさんな。ほれ、大門に来たぞ。だんご屋より会所がいいか」

「嫌だ、おりゃ、吉原会所なんて入りたくねえ」

「ならばやはり五十間道のだんご屋にしようか」

「だんご屋も好《す》かねえ。一番楼でみどりの体が空《あ》くのを大人しく待つ」

「それもいいが、それがしな、そなたにちょっとだけ尋ねたいことがあるのだ。知恵を貸してくれぬか」

「なんだよ、話ならば手首を放してくんな。裏同心の旦那、力が強いな」

「それがしの力ではない、そなたの力を借りておるだけだ。ほれ、これでどうだ」

留五郎の捻じり上げた手首を放すと、

「おお、痛えや」

と言いながら留五郎がもう一方の手で幹次郎が摑んでいた手首を揉《も》んだ。

五十間道を大門に向かう客がふたりのやり取りを見ていく。

「真《まこと》にだんごは嫌いか」

「おお、甘いもんは大嫌いだ。それより話ってなんだ」

「五十間道で立ち話もなんだ、この路地にな、ちょいとした普請場がある。そなた、職人のようだが、大工ではないな。左官《さかん》か」

「いや、石工《いしく》だ」

「ほう、石工な。ならばこの普請場はそなたの勉強になろう」

と言いながら五十間道の路地奥へと留五郎を追い込み、浅草田圃《たんぼ》に近い二階家のある明地《あきち》に連れ込んだ。

小川のせせらぎがふたりの耳に聞こえた。

そのとき、幹次郎はだれかに見張られている「眼」を感じた。吉原会所の裏同心には馴染の「監視の眼」だが、そ知らぬ顔で普請場の裏木戸に留五郎を連れていった。

錠《じょう》がおりていたが、幹次郎は鍵を持っていた。

「おい、いくら裏同心ったって、よその普請場に入り込んでいいのか」

「そうじゃな、棟梁《とうりょう》に許しを乞《こ》うのが礼儀だが、急なことでこの刻限だ、致し方なかろう。明日に詫《わ》びよう」

留五郎を敷地の中に入れて、浅草田圃を見下ろす小体《こてい》な二階家の表口から屋内に入れた。

「おいおい、敷地どころか家にまで入り込むのか」

「おお、五十間道の裏側だが、なかなか閑静《かんせい》な眺めじゃぞ」

「一体全体、この屋敷はだれの持ち物か」

「吉原会所の持ち物、というよりは当代の四郎兵衛様の持ち物かな。この四百七十五坪の敷地の表にな、吉原見番《けんばん》の稽古場と舞台を造っておるのだ。ゆえにそれがし鍵を持っていても訝しくはあるまい」

「待ちな。吉原会所の四郎兵衛様と裏同心の神守なんとかは同一人物、一人二役と聞いたぞ。ということは、おまえさんの持ち物でもあるのか」

「ということにもなるか」

どことなく安心した留五郎を連れて二階への階段を上がり、行灯《あんどん》に火を点《とも》すと浅草田圃が見えるよう雨戸を開いた。すると留五郎が、

「おお、五十間道の裏手にこんな田圃があるのか。なかなかの景色だな」

ようやく落ち着いたか、感想を述べた。

「一町《ちょう》二反《たん》だが、これも吉原会所の持ち物だ」

と答えながら幹次郎は、「監視の眼」をなんとなく探った。だが、幹次郎の勘違いかその気配はなかった。

「なんてこった。一番楼の遣手《やりて》がな、会所には一文の金子もないと抜かしていたがどういうことだ」

「一番楼の遣手、なかなか事情通だな。先代の四郎兵衛様が亡くなったとき、吉原会所の銭箱には四百両にも満たない金子しか残ってなかったわ」

「四百両、結構な金子じゃねえか」

「そうだな、並みの一家が暮らす分にはそれで十分だろう。だが、御免色里の内《ない》所《しょ》としては最悪の金額よ。会所の費《つい》えはひと月いくらかかると思うな、留五郎兄《あに》い」

「そんなこと知るけえ」

と留五郎は言い放った。

「われら、吉原会所の奉公人の給金をはじめ、仲之町の植栽《しょくさい》の植え替えとあれこれ費えがかかる。残された金子ではひと月持つか持たぬか、そんな所持金よ」

「待ちな、そんな吉原会所が廓外の五十間道に見番か、おかしかねえか」

「そなた、なかなか頭が働くな」

と言った幹次郎が、長年この地で外《そと》茶屋を営んできたあみがさ屋から当代の四郎兵衛がこの敷地と建物を買い取ったことを告げた。

「銭のない吉原会所の頭取がめちゃくちゃ広い敷地を買い取り、見番やら稽古場の普請だと、やっぱりおかしいな」

「一見おかしな話だな。長いこと吉原会所を支えていた先代は会所の銭箱にたしかに金子は残さなかった。だがな、当代の四郎兵衛様は別人だ」

「うう一ん、おまえ様の持ち物となると裏同心の旦那、なかなかの分限者《ぶげんしゃ》ということか」

「ということになるか。もっとも四郎兵衛様は、さるところから莫大《ばくだい》な借財をして吉原の見番と稽古場を設《しつら》えているゆえ、当代も片割れのそれがしも分限者と一概《いちがい》に言えるかどうか」

と首を捻ってみせた。

留五郎は話が分からないという表情で幹次郎を見て、

「で、裏同心の旦那、おれに訊きてえこととはなんだえ」

「最前のことだ。一番楼で若い客を見て、どこの出か言うてやろうと叫んでおったな」

「ああ、みどりに客がいると知って、ちょいと上気してしまったかな、おれとしたことがつまらねえことを口にした」

と反省の言葉を留五郎が吐いた。

「ほう、平静ならば口にしなかったというか」

「妬《ねた》み心よ、裏同心のおめえさんにはねえか、そんな気持ちがよ。考えてみれば女郎は、客に身を売るのが商いだ。それにみどりはおれの持ち物じゃねいや、みどりに惚れたおれの立場ならよ、商売繁盛《はんじょう》を喜ばなきゃいけねえよな」

「そなた、理《ことわり》が分かっておるではないか。で、どこであの若い衆を見かけたというな」

「うーん、おれがよ、親方の手伝いで灯心問屋のお店《たな》の裏に土台石を積みに行ったと思いねえ。何日か通っていたらよ、あの若い衆を見かけたのよ。そうだ、親方には、『この普請場で見聞きしたことは外で漏らしちゃならねえ』と、何遍も忠言を受けていたんだ」

と思い出した留五郎が、

「アアー」

と悲鳴を上げた。

「裏同心の旦那、親方に言わねえでくれねえか。おりゃ、首になっちまうよ」

「話次第だな、そなた、若い衆が何者と思うたな」

「裏同心の旦那よ、おれたち職人はどこへでも出入りするよな。そこで見聞きしたことは外で漏らしちゃならねえのよ。おりゃ、ついくっ喋るとこだったたな。おめえさんが手首を捻じり上げたせいで口にはしなかったよな」

「おお、辛《かろ》うじて口を塞いだな」

「手首を捻じり上げられてよ、話なんぞできなかったもんな。おりゃ、おめえさんに感謝しなきゃならねえのか」

「そういうことだ、留五郎さん」

「頼まあ、親方には決して告げないでくんな」

「親方に話さない代わりに、それがしに若い衆が何者か話してみよ」

「ええ、言ったじゃねえか。灯心問屋の奉公人だよ」

「その灯心問屋の主は佐七さんかな」

「なんだ、知っているじゃねえか。佐七さんはえた頭の浅草弾左衛門様の後見人だよな」

幹次郎は頷いた。

「となると若い衆はえたのひとり、それも後見人の灯心問屋の若い番頭さんということよ」

「そなた、吉原は馴染だな」

「といっても伏見町の小見世の客だがよ」

「これまで廓内で灯心問屋の奉公人に会ったことはあるかな」

「なにっ、おれがあの若い番頭に廓内で会ったかってか」

「いや、あの若い番頭さんだけでなく、灯心問屋に関わりのあるだれかを見かけたかと訊いておるのだ」

「なになに、えたの衆と吉原で会ったかだって、そう言われれば、弾左衛門様のとこの衆に会ったのは初めてだな。弾左衛門様の配下の衆は大勢と聞くぜ。そうだ、いっしょに働く大工の父《とっ》つぁんがよ、本当かどうか知らねえが『あの衆は廓には出入りしてはならねえんだ』と言っていたことがあったな」

「それがこたびに限って廓内に出入りしているか」

「そういうことになるかね、おれが承知なのはそんなとこだぜ」

「相分かった」

と幹次郎は留五郎を放免することにして、見番の普請場を見せてやった。

「魂消《たまげ》たな。吉原会所は五十間道でなにをしようってんだ。まさか、新たな廓を造るわけじゃないよな」

「最前、申したぞ。ただ今廓内にある見番を大門外に移してな、芸人衆の稽古場にしたり、紋日《もんび》には客を入れて芸を見せたりしようと当代の四郎兵衛様は考えておられるな」

「つまりよ、おめえさんが思案しているということか」

「いや、四郎兵衛様が思案しておられるのだ」

「面倒なことを言うねえ、おまえさん方、一人二役ではないか。どちらだろうと同じ御仁《ごじん》だよな」

「留五郎さん、一人二役ゆえ四郎兵衛と裏同心の神守幹次郎は厳然と違うのだ。そなたがただ今会《お》うているのは、裏同心神守幹次郎ということを忘れるな」

「なんだか、厄介なことを聞いちまったぜ」

と言った留五郎が、

「それにしても当代の四郎兵衛様は凄腕《すごうで》だな。四百七十五坪の敷地に芝居小屋みてえな建物を普請していなさるか」

幹次郎が手にした提灯《ちょうちん》の灯りで普請場を眺め回した留五郎は素直に感心した。

(やはり勘違いではない)

そのとき、幹次郎はふたたび「監視の眼」に気づいた。

何者かがふたりのうち、どちらかに関心を寄せていた。とはいえ、石工の留五郎に関心を寄せるはずもあるまいと思い直した。

「裏同心の旦那よ、おりゃ、一番楼に戻るぜ。行っていいな」

「むろん構わん。みどり女郎と仲良く致せ」

「吉原会所の裏同心たあ、なにが役目だ。おれには分からねえ。大門外まで連れ出されて普請場を見せられてよ、最後には女郎と仲良く致せと説教までしやがる」

とぼやいた留五郎を路地の途中にある普請場の出入り口を開けて出した。

幹次郎は留五郎を灯りのこぼれる五十間道まで見届けて出入り口を閉じた。

四

神守幹次郎はしばし普請場で、工事の進捗《しんちょく》状況を確かめた。元あみがさ屋の外茶屋と住まいを兼ねた立派な建物が、五十間道に面したところから奥へと曳《ひ》き家《や》で移動させられ、修復作業を施《ほどこ》されている。さらに視線を移して、稽古場付きの見番の建物の土台工事と基礎工事が終わっているのを提灯の灯りで確かめた。順調な仕上がりだと素人《しろうと》の幹次郎にも分かった。

提灯を手にいま一度、浅草田圃を望む小体な二階家に戻った。念のために戸締まりを確かめるためだ。

「うむ」

と幹次郎は思った。

表の戸は閉じたつもりだったが開かれていた。そして、人の気配がした。

幹次郎はその場に立ち止まり最前から感じていた監視の眼の正体だと推察した。

二階より階段を下りる気配がしてその者が姿を見せた。

幹次郎が持つ提灯の灯りに着流しに筒袴《つつばかま》を穿《は》いた剣術家と思しき人物が浮かび上がった。腰に黒塗りの大小拵《こしら》えを差し、老練な剣術家の雰囲気を漂わせていた。

「この家が吉原会所の持ち物と承知であろうな」

「知らぬわけではない」

低い声が答えた。

「そのことを承知で何用かな。それがしが何者か分かっておられようか」

「裏同心と称される吉原会所の陰の者、つまりは八代目頭取の分身」

「そこまで承知でかような真似をなすには曰《いわ》くがあろう」

「いささか金子に困ってこの仕事を引き受けた」

「だれの頼みか答えまいな」

「かような陰御用には決まりごとがあってな、そなたも裏同心なら心得ていよう」

「陰御用を務めるだれもが最初はそう申す」

「神守幹次郎、そなたの命、もらい受けた」

しばし間を置いた幹次郎が質した。

「それがしの命代がいくらか訊いてよいか」

「三十両」

「吉原会所の頭取と裏同心が一人二役と承知と言うたな。えらく安くはないか」

「一人二役のそなたの命、安いか高いかは知らぬ。それがし、三十両が入用でな」

とはっきりと返答した。

幹次郎は問答から相手の年齢を四十前後と推察した。鍛錬し続けた剣術家ならば体力と技量の均衡《きんこう》が優《すぐ》れている時期だ。また、世間の理が分からぬ者ではないと見た。

「なぜ三十両が入用かな」

「嫡子《ちやくし》が怪我を負った。江戸の蘭方医に倅《せがれ》の治療を願ったところ、なんとか自力で動けるようになるには、蘭方の金創《きんそう》術が幾《いく》たびか必要、ゆえに三十両と値が告げられた」

「その蘭方医を信頼したか」

「人柄は知らぬ。金創医としての技量はだれもが認める医師だ」

「すでに治療代は支払ったかな」

「支払った。医師の治療をわが仲間に見張らせておる」

「で、そなたの倅どのの治癒《ちゆ》のためにそれがしの命が入用か」

「いささか理不尽《りふじん》は承知じゃ、わしにはこの手立てしか考えられなかった」

「われら、かような仕儀《しぎ》になる前に会うべきであったな」

「そなたが金子を都合してくれたというか」

「その手もあったかな。蘭学の権威がそれがしの旧知であり、また他の老練な御《ご》典医《てんい》がたとも昵懇《じっこん》ゆえかようなことを申し上げた。されどそなたは己で稼ぐ道を選ばれた。無益な問答であったな」

「いかにも無益な節介であるわ」

と言った相手が、

「ひとつだけ最後に告げておこう。この家の二階に骸《むくろ》がひとつある。その骸をつくったのはそれがしではない」

「そなたに陰御用を頼んだ一味の仕業と申すか」

「いかにもさよう。その者がなにをなしたか知らぬが、務めを果たさぬとこうなるというそれがしへの忠告かのう」

と答えた相手はずいっと幹次郎の前に踏み込んできた。

幹次郎は、つつつ、と退《すさ》って間を空けた。

相手が踏み込みを止めた。

「戦う気はないのか。刀も抜かぬ相手を斬りたくはない」

「それがし、幾たびか修羅場《しゅらば》を潜って参った。戦う前に姓名と流儀を尋ねるのを常《つね》としておる。むろん名乗らずに斬りかかられた相手の攻めには応じ申したが」

「つまり勝ちを重ねてきたというわけか」

頷いた幹次郎が、

「それがしの名はすでに承知じゃな。西国《さいごく》の大名家の下士《かし》ゆえ藩道場での稽古は許されなかった。藩内を流れる玉来川《たまらいがわ》の河原に転がる流木を立て、その間を走り回って奇声を発しつつ木刀で殴りつける稽古をなす老武芸者に出会い、その者から薩摩《さつま》藩の御流儀示現流《じげんりゅう》の打ち込みの手ほどきを受け申した。わずかな月日習ったその武芸がそれがしの剣術の基《もとい》にござる。のちに曰くありて人妻となっていた幼馴染《おさな》の手を強引に引き、脱藩致した。妻仇討《めがたきうち》を逃れる旅の間に加賀国《かがのくに》の城下外れで眼志流居合《がんしりゅういあい》を習い申した。それがし、かようにしかとした流儀の武術を習ったことはござらぬ」

「なに、吉原会所の裏同心の武術は見様見真似の我流と申されるか」

「いかにもさよう。吉原に定住して近ごろでは下谷の香取神道流《かとりしんとうりゅう》の津島傳兵衛《つしまでんべえ》先生のもとで稽古をしており申す。これが吉原会所の裏同心の武術修行のすべてでござる」

幹次郎は手短に己の武術修行のあらましを告げた。真剣勝負を前にかようなことを喋ったのは、相手が道理を知った剣術家ならば話を聞いたあと、勝負を避けることもあると、これまでの体験で学んでいたからだ。

未《いま》だ名も知らぬ相手が沈黙した。そして、不意に、

「我孫子沢矢柄《あびこさわやから》、流儀は新陰流《しんかげりゅう》」

と告げた。頷く幹次郎に、

「そなたの申すことすべて承り申した、問答はこれにて仕舞いである」

と敢然《かんぜん》と告げた我孫子沢が大刀の柄《つか》に手を掛けた。

これを見た幹次郎は覚悟せざるを得なかった。手にした提灯を敷地の端《はし》っこに移して庭木に掛けた。もはや勝負を避ける手立てはないと覚悟した。

「お相手申す」

と振り返った幹次郎は、我孫子沢とは真正面から立ち向かうべきと気持ちを固めた。生き残る余裕はないと思われた。とはいえ斃《たお》されるとも思えなかった。

神守幹次郎にとって奇妙な気持ちで、初めての経験だった。

勝負を避けようと喋ったことで、幹次郎は中途半端な気持ちに追い込まれていた。

そのとき、五十間道の路地から、

「おい、だれか普請場にいるのか」

と質す声がした。

(金次《きんじ》の声だ)

という考えを振り払って我孫子沢と向き合い、集中した。

無言で我孫子沢が厚みのある刀を抜き、正眼《せいがん》に構えた。

そのとき、幹次郎は豊後岡《ぶんごおか》藩から汀女の手を引いて逃走した折りに腰にあった刃渡り二尺七寸(約八十二センチ)の豪剣を抜き放つと津島傳兵衛道場で身につけた香取神道流の正眼の構えで応じた。

相《あい》正眼の両人の横手から提灯の灯りが差し、互いの顔が照らされていた。

元外茶屋あみがさ屋の敷地にぴりりとした緊張が奔《はし》った。

両刀の切っ先の間には七尺（約二・一メートル）ほどの間合いがあった。

「おい、だれだえ、なにをやってんだよ。提灯の灯りが見えるぞ」

金次の声がふたたびした。

その声に誘われるように我孫子沢矢柄が正眼の剣を静かに引きつけたと同時に踏み込んできた。

刀が引きつけられるのを見た幹次郎は正眼の構えを横手に寝かせ、待った。

我孫子沢の刃風《はかぜ》が幹次郎の左から首筋に襲いかかった。

幹次郎の無銘の豪剣が提灯の灯りを受けて一条の光に変じ、我孫子沢の胴《どう》へ見舞われた。

刃《やいば》と刃。

不動の姿勢で伸ばした後《ご》の先《せん》がわずかに早く我孫子沢の胴から胸に斬り込まれ、刺客《しかく》の体が横手に吹っ飛んでいた。

「横霞《よこがす》み」

との言葉が幹次郎の口から漏れた。

悶絶《もんぜつ》する相手から言葉が漏れた。

「三十両を申し出た相手は」

最後の声はかすかで幹次郎ははっきりと聞き取れなかった。

そのとき、

「だれでえ」

との声が響き、裏手のほうから金次が提灯を手に飛び込んできた。

幹次郎は愛剣に血振りをくれて鞘《さや》に納めた。

「神守の旦那か、こやつ、何者だ」

「それがしの命を三十両で奪うと雇い主に約定《やくじょう》した刺客だ」

「何者が神守様の命を奪おうとしやがったんでえ」

「分からぬ」

と首を振った幹次郎は、

「もうひとつ骸が後ろの二階家に転がっておるそうな。この者の話では骸には一切関わりないそうだ。おそらくこの者の言葉を信じてよかろう。ともあれ、このふたつの骸、内々に始末せねばなるまい。金次、番方に告げて後始末の手配を願うてくれぬか」

「合点《がってん》だ」

「それがしはふたつ目の骸を確かめていよう」

幹次郎の命を聞いた金次が、急ぎ血の臭《にお》う場から飛び出して姿を消した。

「また厄介に巻き込まれなすったか」

と声がして番方の仙右衛門が姿を見せた。

そのとき、幹次郎は行灯の灯りで骸を見ていた。

仙右衛門も傍《そば》に来て骸を眺めた。

「なんてこった」

との言葉が漏れた。

「番方の懸念が当たったかのう。そなたの懸念は弾左衛門様との交友を公儀に知られることであったが、公儀ではない別口が吉原会所を脅《おど》しているようにも思える」

ふたりが見下ろす骸は若い男で、手ひどい拷問《ごうもん》を受けたあと、両刃《りょうば》の短刀が喉元《のどもと》に深々と刺さり込んでいた。

「吉原の新しい客筋のひとりだな」

仙右衛門がえた頭浅草弾左衛門の名を出さず幹次郎に質した。

「ああ、間違いあるまい。あちらの骸とは別に扱い、こちらはそれがしが弾左衛門様のもとにお返ししたい」

「分かりました」

と仙右衛門が答え、手配に走った。


一刻《いっとき》（二時間）後、幹次郎は骸を載せた大八車《だいはちぐるま》を独り引いて、長吏頭浅草弾左衛門役所の門前を訪れていた。吉原会所の裏同心の姿を見た弾左衛門配下の者が急ぎ門内に入れてくれた。

「それがし、吉原会所の神守幹次郎と申す。長吏頭どのにお目にかかりたい」

長吏頭の屋敷は昼夜を問わず対応が叶《かな》うことを幹次郎は知った。

直《ただ》ちに敷地内の長吏頭の住居の門前へと大八車ごと引き入れられ、そこには弾左衛門と後見人の佐七が待ち受けていた。

「九代目弾左衛門様、吉原へのご厚意の礼を述べる暇もなくかような対面になり申した」

と裏同心神守幹次郎として初対面ゆえ、かような挨拶をした。

長吏頭と後見人の両人は無言で幹次郎の説明を聞いた。そして、大八車に載せられた骸に掛けられていた白布《はくふ》を幹次郎が丁重に剝《は》いだ。すると線香の香りが漂い、骸は白い百合《ゆり》の花に包まれていた。

「なんと、弥一郎《やいちろう》」

と佐七が驚きの声音を漏らし、

「弾左衛門様の従兄《いとこ》弥一郎にござる。昼見世に吉原を訪れましたが、帰りが遅いゆえ夜見世の差配もしていたかと考えておりました」

と言い添えて、提灯の灯りを近づけて子細《しさい》に骸を調べた。

弾左衛門も幹次郎も無言で佐七の手際を見ていた。

「神守様、弥一郎の骸を浄《きよ》めて死に装束《しょうぞく》を着せてくれたのは吉原会所の衆ですな」

「いかにもさようです。わが同輩の澄乃と女衆の綾香のふたりでござる。仕来たりに反するならばお詫び申す。正直、あのお姿でこちらにお連れするのは吉原会所として到底できなかった」

と告げた。

「いえ、神守様のお気持ち、私も弾左衛門も有難く受け止め申した」

佐七の言葉に十五歳の長吏頭が首肯し、

「神守様にお訊きしたい。この一件、私の独断で官許の遊里吉原になしたことが発端《ほったん》と考えてよかろうか」

と幹次郎の顔を正視して質した。

弾左衛門は客の入りの少ない吉原に配下の衆を客として大門を潜らせたことを認めた。

「このご時世でございます。九代目のご厚意を受け止め切れなかったわれらにも責めがござる。どうやら吉原会所と弾左衛門屋敷が親交を深めることに激しい反発を感じておられる一統《いっとう》が吉原の内外におる気配。それがし、弥一郎様の骸と接した折りからあれこれと思案してきましたが、思い当たりませぬ」

弾左衛門が幹次郎の言葉に頷くと後見人を見た。すると佐七も首を激しく振って否定し、

「神守様、われらも身内を含めて調べます」

と言い添えた。

幹次郎もまた弾左衛門の従兄弥一郎の死の真相追及を頭に叩き込んだ。

「それがし、これにて失礼申します。あるいはなんぞそれがしがなすべきことがございましょうか」

「吉原会所は私どもに十分尽くしてくれました」

と応じた弾左衛門が、

「四郎兵衛様にこの弾左衛門が深く感謝申し上げているとお伝えくだされ」

「はっ、必ずや伝えます」

と答えながら弾左衛門の言葉の裏には、過日の両人の約定は生きているという意が含まれているのだと幹次郎は考えていた。

第二章　お葉の勾引《かどわか》し

一

数日後のことだ。

神守幹次郎は夜見世前に見廻りに出て、最後に天女池に立ち寄った。

桜の老木が黄葉しているのが五丁町からこぼれた灯りに見えた。

お六地蔵の前に綾香がしゃがみ、合掌していた。そして老犬の遠助が綾香の尻に体を寄せて、居眠りしていた。そんな関わりを綾香が点したと思える小さな蠟《ろう》燭《そく》の灯りが浮かばせていた。

人の気配に気づいた綾香が遠助の体を片手で押さえながら振り返った。

「おや、裏同心の旦那かえ」

「本日は澄乃とはいっしょではないか」

「澄乃さんは廓の外に御用で出向いておられるよ」

「おお、四郎兵衛様の命だな」

「あい」

「天女池が気に入ったようだな」

「切見世女郎の折りは、廓にこんな極楽があるなんて夢にも思わなかったからね。会所に世話になってなにが嬉《うれ》しいかって、こうして遠助といっしょにお六地蔵様にお参りできることだよ」

「羅生門河岸には未練《みれん》はないか」

「ああ、すっかりあの暮らしは忘れたよ」

「そうだ、それがし、そなたに訊きたいことがあった」

「裏同心の旦那から問いだって、悪い話かね」

「いや、すでに終わった話だが、そなたの考えを訊きたかったのだ。大火事のあと、新たな客が大門を潜ったな。あの客たちが何者だったか、そなた、最初から察していなかったか」

「ああ、そのことかえ。そういえばこのところ弾左衛門様のところの客の姿が消えたね」

「ああ、四郎兵衛様が九代目の長吏頭の弾左衛門様と後見人の佐七さんに会い、ご厚意を謝するとともに、もはや十分お気持ちは受け止めましたと、お断りしたでな」

「そうか、そんなことがあったのか」

と綾香が得心した。

「裏同心の旦那、弾左衛門様配下の者たちは官許の吉原に立ち入ることを禁じられているのを承知かね」

「だれにその話を聞かされたな」

「さあね、でも、どこだろうと禁じられれば反対に立ち入りたくなるのが人情と違うかね」

「人の気持ちはそれぞれゆえな」

「わちきの客に弾左衛門様に関わりの若い衆がいたのさ。十年も前かね、わちきが未だ若くてね、五丁町の中見世にいた時分さ」

「綾香、そなたは女郎の白塗り時代よりも吉原会所で素顔になった今のほうが若く見える。澄乃の姉といわれても不思議はない」

「おや、裏同心の旦那、世辞《せじ》まで言うか、汀女先生は承知かねえ」

「さあてのう、姉様と麻《あさ》の前では世辞など言うた覚えはない。こたびも思ったまま口にしたのだ」

「礼を言ったほうがいいかねえ。ともかく三次郎《さんじろう》さんって客が馴染になったころ『綾香、おれはえただ』と事が終わったあとにぽつんとね、言ったことがある。おや、非人頭の車善七《くるまぜんしち》親方の配下かね、と訊くと『いや、おれはえた頭八代目の弾左衛門様の配下だ』、『ふーん、それがどうかしたかえ。わちきは中見世のしがない女郎だよ。そして、三次郎さんはわちきの客、ここでは遊び代を払う客はだれだろうと、旦那様だよ』という問答をしたことを覚えているよ」

綾香の言葉を聞いた三次郎はしばし黙っていたが、こくりと頷いた。

「そんなわけでさ、わちきは、三次郎さんから弾左衛門様が支配するえた衆の暮らしを聞かされたのよ。だから、大火事のあと、吉原に不意に姿を見せた客の素性に気づいたのさ」

「三次郎とは吉原会所に移るまで縁が続いていたのかな」

「いや、三年も前かね、所帯《しょたい》を持つことになったと聞かされたあと、三次郎さんは大門を潜っていますまい」

「そうか、所帯を持ったか。幸せに過ごしているとよいな」

「ああ」

と綾香が短い返事をした。

幹次郎は綾香がなんとなく三次郎について隠していることがあるような気がした。が、もはやそれ以上問い質す要はないと思っていた。

「戻るよ、遠助」

と言った綾香がお六地蔵の前から立ち上がり、蜘蛛道に行きかけて不意に足を止めた。

「神守の旦那、わちきが弾左衛門様の配下の三次郎さんと縁を持ったのは悪いことかね」

どう答えるか、幹次郎は思案した。

「それがしが人妻であった汀女の手を引いて西国の藩から脱《ぬ》け出したのは承知だな」

「ああ、吉原会所に移り住んで、いろいろな人から神守幹次郎と汀女先生の来し方を聞かされたからね、承知さ」

「武士とは名ばかり、長屋暮らしの下士であった。われらは十年後に吉原に拾われて、初めて人の営みを知ったのだ。今はこれ以上の暮らしはないと思うておる。綾香もそれがしも、四民の中では最下層の暮らしであった。そんなそなたが三次郎と束《つか》の間《ま》の縁を感じ合ったことが悪しき行いだとは、それがしには到底思えぬ」

「ああ、女郎も人だものね」

「そういうことだ、綾香」

と応じた幹次郎は、

「柘榴の家に来ぬか、姉様も加門麻《かもんあさ》もそなたと話が合うわ、間違いない。われらだれもが互いに脛《すね》に傷を持つ身ゆえな」

と幾たび目かの誘いの言葉を吐いた。

綾香が小さく頷いた。

「それがし、思案したきことがあるゆえしばらくこの場に残ろう。その旨《むね》会所に告げてくれぬか」

幹次郎はすっかり暗くなった天女池に独り残った。

どれほど時が経ったか。もはや綾香と遠助は吉原会所に戻っていようと考えたとき、金次が綾香の出ていった蜘蛛道から姿を見せた。

「未だいなさったか」

「おお、綾香に聞いたか。なんとのう独り思案しておった」

と応じた幹次郎に金次が襟元から文を出して差し出した。

「うむ、どなたからじゃな」

「この界隈では見かけない子どもがよ、大門前にいたおれに神守の旦那に渡してくれって押しつけると五十間道を駆け戻っていきやがった。そこへよ、綾香姐さんが遠助と戻ってきてな、旦那とお六地蔵の前で別れたばかりと告げたのだ。それでこっちによ、急いで来たのよ」

「番方にも知らさずにか」

「まずかったかな。旦那に渡すのが先だと思ったんだ。これから戻ってその旨伝えようか」

「待て、待ってくれぬか。番方にどう告げるか、この文を読んだあとに思案しよう」

と幹次郎は文を披《ひら》き、綾香がお六地蔵に点していった灯明《とうみょう》の灯りに文を近づけて読んだ。文面は短かった。

〈裏同心様、至急相談あり　佐七〉

幹次郎はしばし考えたあと、

「金次、この文のこと、忘れてくれぬか」

と願った。そして、すでに消えかけていた小蠟燭の灯りで文を燃やした。その幹次郎の行いを見ていた金次が、

「分かったぜ」

と応じた。

「金次、今ひとつ頼みがある。澄乃に告げてくれぬか。今戸橋の船宿牡丹屋《ぼたんや》にて待ってくれとな」


着流しの腰に無銘の豪剣を一本差しにしてその傍らに小出刃を潜《ひそ》ませ、顔を破れ笠で半ば隠した幹次郎は佐七の灯心問屋の店先に立っていた。店は大戸を下ろしていたが、通用口から灯りが漏れていた。

幹次郎は腰をかがめ、破れ笠を片手で押さえて、えた頭の九代目弾左衛門の後見人が営む店へと足を踏み入れた。すると、主の佐七自らが板の間に座して、

「お呼び立て、申し訳ありませんな」

と幹次郎を迎えた。

その表情には恐怖と困惑があった。

「間に合ったかな」

へえ、と応じた佐七が、

「いつぞや神守様に話しましたな、大火事のあとには無頼の輩が『うちの灯心がもとで大火事が起こった。火事見舞いを出せ』と姿を見せることをね」

「聞いたな。連中が参りましたか」

「文を寄越して今晩四つ（午後十時）の刻限に参る、金子を用意しておけと言ってきました。姿を見せず文を寄越したのは初めてのことです」

「いくら要求してきましたか」

「二百両です。ですが、これだけでは済みますまい」

と佐七が言い切った。

「なんぞ懸念がございますかな」

「うちの番頭の娘が未だ家に戻っておりません。十六歳の娘がわっしの命で御蔵《おくら》前通《まえどお》りに使いに出たのが八つ半（午後三時）時分でした。お葉《よう》はきちんとした躾を受けておりまして、御用が済めば一刻後にこちらに戻ってきたはずです」

「勾引《かどわか》しであるとお考えですかな」

「お葉はいい加減に御用を務める娘ではありません」

「二百両を要求する文には、この一件についてなにも触れておりませんかな」

佐七は、そうだというふうに首を振った。

「こやつらの正体に推量はつきませぬか」

「うちでもこれまで密かに探索しておりまして、文の主は、おそらく御厩河岸《おんまやがし》ノ渡し近くの浅草三好町《みよしちょう》の猪狩《いがり》の勘蔵《かんぞう》かと推量をつけております」

「お葉さんが使いに行かされた御蔵前通りとは近間《ちかま》ですな」

「はい、近《ちこ》うございます」

と言った佐七が、

「うちの長吏頭が配下の者を出せば、やつらはしてやったりと騒ぎ立てましょう。となると公儀の役人衆は猪狩の勘蔵よりもうちの行いを強引に取り締まりましょう。そうなれば猪狩の勘蔵の嫌がらせよりもいっそう厄介になる」

「佐七さん、二百両を渡しますかな」

「お葉の命には代えられません」

「渡してくだされ。そして、お葉さんを無事に返すように願ってくだされ。その反応を今戸橋際《ぎわ》の船宿牡丹屋の船頭政吉《せんどうまさきち》に知らせてくれませんか」

幹次郎の言葉を吟味《ぎんみ》した佐七が頷いた。

「相手が猪狩の勘蔵一味の仕業ならば、なんとしても今晩じゅうに始末をつけます」

「勘蔵のところには剣術家くずれの用心棒が五、六人おりますでな、神守様」

「相分かりました」

と幹次郎は灯心問屋の店から姿を消した。

灯心問屋の店が遠くに望める路地から幹次郎は四つの刻限を待った。

お葉を猪狩の勘蔵一味が勾引しているならば、用意周到な者らと思え、約定の四つより四半刻は早く姿を見せるのではないかと幹次郎は推量していた。そして、一味は決して徒歩《かち》で浅草三好町から来ることはあるまいと考えていた。山谷堀の船着場に猪牙舟で姿を見せると推量した。そのほうが便利の上に迅速《じんそく》に動けるからだ。

幹次郎の予測どおりに、猪狩の勘蔵一味と思しき面々を乗せ、苫《とま》で葺《ふ》いた屋根を載せた猪牙舟が今戸橋に最も近い船着場に着けたのは、四つより四半刻ほど前のことだった。

まず用心棒侍《ざむらい》が猪牙舟から飛び降りて、辺りを見回した。

「親分どの、怪しげな手合いはいませんな」

と用心棒が苫屋根の下に落ち着いているらしい勘蔵に声をかけた。

「あやつらは手強《てごわ》い連中ですぞ、よう調べなされ」

用心棒は頭分とみえて、勘蔵の命に仲間の剣術家ふたりに顎で命じると、ふたりが船着場から河岸道《かしみち》に上がっていった。そんな様子を幹次郎は闇の中から見ていた。すると山谷堀越しに船宿牡丹屋の表口から提灯を手にした澄乃が姿を見せた。

すでに待機していると幹次郎に告げる合図だろう。

「笠間氏《かさまうじ》、なんら変わりはないがな」

と河岸道に上がったひとりが船着場の頭分に告げた。

「ならば親分どのをそちらにお連れ申す」

と笠間が答えた。

河岸道に先行した用心棒が、

「おい、えた頭一統はかような江戸外れに住んでおるか」

と隣の仲間に質した。江戸をよく知らぬ在所の出と見えた。

「この山谷堀を上った辺りに遊里の吉原があると聞いておる。おお、あの赤々とした灯りが官許の吉原ではないか」

「かもしれんな」

と言い合った。そして、

「沢田《さわだ》どの、昼間、われらが捕えた娘もえた一味かのう」

「宗松《むねまつ》、その話を表でしてはならぬ」

「おお、迂闊だったな」

「勘蔵親分はあれで非情冷酷ゆえな、かような問答を聞かれたら、われら、報酬を頂戴《ちようだい》できぬばかりか、なにをされるか分からんぞ」

「気をつけよう」

と小声で応じたとき、猪狩の勘蔵親分と用心棒剣術家三人が河岸道に姿を見せた。

「宗松」

と頭分に呼ばれた男がびくりと体を揺らした。

「そのほう、この包みを持て」

と小さな包みが投げられ、宗松が両手で受け取った。

「向来《こうらい》氏、なんでござろうな」

「そのほうが知る要はない。それがし、万が一の場合に備え両手を空けておきたいのだ」

と頭分の向来重五郎《しげごろう》が言い、ぼきぼきと両手の指を鳴らし、川風に晒《さら》されて冷えた体を温めるように動かした。

いつしか約定の刻限が迫っていた。

「向来さん、乗り込むのは相手方の本丸だ、油断は禁物ですぜ」

「親分、相手方に腕の立つ者がおろうな」

「おりましょうな。だがよ、向来さんさ、娘の髷《まげ》と髪飾りをこのように預かっていまさあ。これを見たら弾左衛門も無理はしますまい」

と猪狩の勘蔵親分が言い放ち、

「ここからが本気の勝負ですぜ」

「二百両になるかならぬか」

「そんなちんけな額じゃねえ。娘ひとりの命の値段だ。五百両は頂戴したいね」

「えっ、あの者たち、懐具合は豊かなのか」

「向来さんよ、いいかえ、革細工《かわざいく》の太鼓《たいこ》や灯心などを公儀に上納《じょうのう》する代わりに、やつらはそれらを売る商いを代々独占してきたんだ。九代目弾左衛門の蔵には千両箱が石垣のように積まれてますよ」

と言い合った猪狩の勘蔵と用心棒侍らが浅草弾左衛門こと矢野弾左衛門の支配する、

「領地」

へと姿を消した。

幹次郎は路地の暗がりから河岸道に姿を見せると、気配を窺っていた澄乃に手を振って、苫屋根付きの猪牙舟を指した。すると澄乃が手を振り返してきた。

幹次郎は河岸道から船着場に下りた。

それを見た澄乃もいつでも動けるようにと船着場に舫《もや》われている政吉船頭の猪牙舟に飛び乗った。心得たとばかり政吉が対岸に泊められたざっかけない苫葺き屋根の猪牙舟にぴたりと寄せた。

「だれだえ、おれっちの猪牙に舟を寄せやがったのはよ」

と猪狩の勘蔵の一味が乗ってきた舟の船頭が怒鳴った。

「ここは今戸橋の船宿の船着場だよ。おまえさん方こそ、さっさと山谷堀から出ていきねえな」

と老練な政吉船頭が平静な声で言い放った。

「やいやい、おいぼれ爺《じじい》め、おれたちは浅草御蔵前通りが縄張りの猪狩の勘蔵の子分だぜ。なんなら今戸橋の船宿に火いつけて燃やそうか」

「面白いね、お兄さん、名はなんだえ」

「おれかえ、首尾《しゅび》の末五郎《まつごろう》よ」

「ほうほう、不首尾の末五郎兄いねえ、面《つら》を見せねえな」

と政吉に言われて出来の悪い苫屋根の間から船頭が顔を突き出した。その途端、麻縄《あさなわ》が飛んできて、
きゅっ、と末五郎の首を絞めた。

むろん澄乃の得意技の餌食《えじき》になったのだ。

「兄い、どうしたえ」

と苫屋根から舳先《へさき》に出てきた子分ふたりがまたあっさりと澄乃の飛び道具の犠牲になった。

二

猪狩の勘蔵と用心棒頭の向来重五郎が戻ってきたとき、勘蔵らが乗ってきた苫

屋根を葺いた猪牙舟の姿はなかった。その代わり女と思しき船頭がいる猪牙舟が船着場に泊められていた。

「どうしたえ、うちの舟がねえぜ」

と猪狩の勘蔵が辺りを見回してだれとはなく尋ねた。

「おまえ様は猪狩の勘蔵親分かね」

女船頭が訊いた。顔を手拭いで隠した女船頭は澄乃だった。

「おお、おれが勘蔵だ」

「おまえ様の舟の衆は急な用事ができたとかで浅草三好町の塒《ねぐら》に戻っていったよ。親分方がこちらに姿を見せたら、すまないがおまえが親分方をお連れしてくれないかと言うんで請《う》け合ったんですよ。乗ってくれますか」

「急用だと、一体なんの真似だ」

「私はそんなことまで聞かされていませんよ。舟賃は親分からもらえと言われたけど払ってくれますね」

「舟賃だと、知ったことか」

と怒り狂った猪狩の勘蔵が澄乃の猪牙舟に乗り込もうとした。すると澄乃が持つ竹棹《たけざお》の先が勘蔵の体に突きつけられて、動きをピタリと止めた。

「なにをしやがる、てめえ、山谷堀に叩《たた》き込まれたいか」

「親分、うちも商いですよ、初めての客は前払いが決まりだ。浅草三好町は近間だね、できれば二百文は頂戴したいね」

「くそっ、猪牙の舟賃だと」

と猪狩の勘蔵が手に提《さ》げていた包みを舟の胴《どう》の間《ま》に置くと、懐の巾着《きんちゃく》から一朱を出して澄乃の足元に投げた。

「親分だかなんだか知らないが大切な銭を投げるなんて罰《ばち》当たりですよ。金持ちにはなれませんね」

と澄乃が言い放ち、竹棹を引いた。

「ふーん、金持ちになれないだと。今晩、どれだけの稼ぎがあったか知るめえな」

と言いながら勘蔵と用心棒剣術家たちが猪牙舟に乗り込んできた。

「お侍さんさ、舫い綱を解いてくれませんか」

「なに、船頭の真似事をわれらにさせる気か。そのほうがやれ」

「なに、舫いを解くのも嫌だと言いなさるか。暇がかかるよ」

「だれか舫いくらい解いてやりな。末五郎たちが急ぎ三好町の塒に戻ったのが気にかかる。女船頭なんて放っておけ」

と勘蔵が言い放ち、用心棒剣術家のひとり本間《ほんま》某が舫いを解いた。

「あいよ、猪牙を出すよ」

と澄乃がぎこちない手つきで猪牙舟を船着場から離した。

山谷堀には柳橋の船宿から来たと思える舟が二艘《そう》、船着場に寄せていこうとしていた。むろん吉原の夜見世の客だ。

「船頭さん、すみませんね、新米船頭ですよ。ぶつかりたくなかったら、そちらが避けてくださいな」

「なんだえ、女船頭かえ、どこの船問屋の船頭だよ」

「私ですか、牡丹屋の船頭です」

「牡丹屋に女船頭がいたか」

「ええ、急に雇われましてね」

と言いながらもなんとか澄乃が猪牙舟を今戸橋へと向けた。

「頼りねえ棹さばきだね。客人を大川《おおかわ》（隅田川《すみだがわ》）の流れに落とすんじゃないぜ」

「ご忠言《ちゅうげん》有難う。客を水面《みなも》に落とさないようになんとか努《つと》めます」

と言った澄乃は見様見真似《みようみまね》の棹さばきで大川へと舳先を向けた。

ふーうっ
と息を吐いた澄乃が猪牙舟を流れに乗せた。

「おい、女船頭、てめえ、冗談だろうな、おれたちを大川の流れに落とすだと。そのとき、てめえの命はないと思え」

と勘蔵が大川に出て少しは安心したか喚いた。

「お客人、冗談はなしですよ。足元の一朱さえ拾えそうにありませんのさ」

「女、船頭のなりたてと申すか」

と笠間某が澄乃に質した。

「はい。ですから、櫓《ろ》の漕《こ》ぎ方はとくと習っていませんでね、半端なんですよ。棹でなんとか浅草三好町に着けますよ、いえ、着けることはできると思いますよ」

澄乃のへっぴり腰の棹さばきに、

「勘蔵親分、われら、五百両といっしょに大川に、どぼん、ということはあるまいな」

「一夜の稼ぎをうちの蔵に納める前に大川に落とすなんてことをしてみねえ、女船頭、その場で叩き殺すぜ」

「叩き殺すといってもそのときにはおまえさん方は水の中、親分も用心棒衆も泳げますかえ」

「海のない信濃《しなの》生まれじゃぞ、泳ぎはできぬ」

笠間某が言った。

「笠間さんは正直だね、親分はどうだい」

澄乃の問いに、

「末五郎の野郎、妙な女船頭を頼みやがったわ」

ふうーん、と応じた澄乃が、

「どうやら親分も金鎚《かなづち》と見たね。ところでさ、気になることがあるんだが、親分、その包み、大金が入っているなんてことはないよね」

「本物の小判五百両だ。てめえの命なんぞより小判が何百倍も大事なんだよ、しっかりと三好町の埘の前に着けねえと、てめえ、覚悟しねえ」

「私の命はありませんかえ」

「おお、てめえの命はないものと思え」

「ならば、全員でこの大川の流れで水浴びしますか」

「くそっ、五百両といっしょに大川の流れに落とされてたまるか」

「親分さんさ、風呂敷包みに五百両が入っているなんて嘘じゃないですよね。私、足元の一朱よりそちらの風呂敷包みがいいな」

「てめえ、何者だ。女船頭じゃねえな」

「猪狩の勘蔵親分、当たり。私、本業は吉原会所の女裏同心なんですけどね、このとこ、客の入りが悪いので、かような船頭の真似ごとをして食い扶持《ぶち》を稼いでますのさ。今晩はいいお客を乗せたかな」

と澄乃が一応棹を差しながら応じた。

「てめえ、吉原会所の女裏同心だと、いよいよ許せねえ」

「親分方、猪牙を漕げる人がいますかね。私も代わってほしいんだがね、だって私の棹さばきはどう見ても素人以下だもの」

「親分、とんでもねえ舟に乗り合わせたぞ、われら、船頭の真似などできぬ。頼りは親分だけだ。長吏頭の後見人の灯心問屋で五百両を身代金として払わせたはいいが、川の流れに落ちたくなどござらぬ」

と笠間某が親分に応じて、さらに澄乃に質した。

「女、名はなんだ」

「私ですか、嶋村《しまむら》澄乃ですよ」

「なにっ、そのほう、町人ではないのか」

「父上は浪人でしたが一応侍でしたね」

と澄乃が答え、

「女、わっしらが何者か分かってかような真似をしておるか」

と勘蔵の声音が険しくなった。

「へえ、まあ、そんなとこですかね。子分の末五郎兄さんね、なかなか素直な若衆だね。私が、猪狩の親分からの命だよ、先に浅草三好町に帰っておれと伝言を言づかったと言ったら、あっさりと応じたのさ」

「くそっ、末五郎め、あやつ、吉原の女裏同心なんぞに騙《だま》されやがって。三好町に戻ったら、あやつをとことん叩き直す」

「親分さんとどっこいどっこい、いい勝負だね」

用心棒頭の向来重五郎が最前から無言でいることに澄乃は気づいていた。そして、向来は泳ぎができるのではないかと推量していた。

その向来が猪牙舟の胴の間に片膝を立てて、傍らの大刀を摑んだ。

澄乃は急いで大川右岸《うがん》にある中洲《なかす》に猪牙舟を突っ込ませた。

「あのさ、向来の旦那、流儀をお聞かせください」

と澄乃が相手の気勢をそぐかのように間の抜けた声をかけた。猪牙舟の中でいちばんの武芸者は向来重五郎と見抜いていた。

「嶋村澄乃とやら、裏稼業の者にしては喋り過ぎた」

「はい、いかにもさようでございます。猪狩の勘蔵とそなたの配下の者の口を開かせるには、こちらもあれこれと策が要りますのさ」

「浪人の娘と言うたな。父親から剣術を習ったか」

「鹿島新当流《かしましんとうりゅう》を少々。ただ今は稼ぎ仕事の船頭ゆえ刀は持参しておりません。ところで向来様は居合を使われますか」

と念押しした。

しばし間を空けた向来が、

「尾州徳川家《びしゅうとくがわ》に伝わる猪谷流《いがいりゅう》居合術を幼少の折りから学んだ」

「初めて聞き及びます。猪谷流居合、水の上で使うこともできますか」

「さあてな、かような小舟の中で使ったことはない」

と平然と答えた。

「どうやら向来重五郎様だけが泳ぎが達者の様子」

「親父から古流の泳ぎを習ったゆえ、鎧兜《よろいかぶと》を着ていても泳げぬことはない」

「五百両の小判包みを摑んで大川を泳ぎ渡られますか」

「そのほうが許さぬというか」

「はい、最前も申しましたが、これも吉原会所の裏同心の務めのひとつでございます」

「官許と聞き及ぶが遊里の吉原を差配する吉原会所はあれこれと廓の外にも手出しを致すか」

「はい、さよう心得られても間違いではございませぬ」

と応じた澄乃だが、正直こたび神守幹次郎に船宿牡丹屋に呼び出された曰くは聞かされていなかった。ただ、四郎兵衛と長吏頭の九代目浅草弾左衛門との関わりで、神守幹次郎が動いていることを手短に聞かされていた。

長いこと片膝立ちのまま、艫《とも》で竹棹を手にした澄乃と向き合っていた向来が、

「吉原会所の八代目頭取四郎兵衛と裏同心の神守幹次郎は、一人二役と聞いたことがある。どうやらそなたらは、えた頭の浅草弾左衛門と関わりを持っておるか。えらく大人しく弾左衛門の後見人佐七が五百両の大金を支払ったと疑念を持っていたわ。つまりそのほう、猪狩の勘蔵が懐に入れたと思うておる五百両を取り戻す役目を負うておるのか」

ふっふっふ
と声もなく微笑《ほほえ》んだ澄乃が、

「すべて見通されましたか、向来様」

と視線を向来に向けたとき、

「どういうことですね、向来の旦那。この女、ただの船頭ではないのは分かった。吉原会所の女裏同心とも聞いた。だが、灯心問屋の佐七は、五百両を取り戻す気でわっしに渡したと言われますかえ」

「そういうことだ、勘蔵」

「わっしはいったん手にした金子、うちの蔵に入れるのを諦《あきら》める心算《つもり》はありませんぜ」

と勘蔵が膝の上に五百両の包みを載せて言い放った。

「おかしいや、わっしらは、灯心問屋の番頭の娘を預かってますぜ。あやつら、えたの衆の身内の結束はうちどころか武家方よりきついはずだ。そいつが娘の身柄を取り戻さねえにも拘《かか》わらず、素直に五百両を払いましたな」

「勘蔵、その辺りの理が分からぬか」

「へえ、向来の旦那」

と応じた勘蔵が、

「おかしいじゃねえか。娘はうちが匿《かくま》っている」

「だからな、勘蔵、もはや浅草三好町のそのほうの外蔵の中には娘はおらぬということだ。この女裏同心の頭分神守幹次郎が末五郎の舟に乗り込んでな、先に向かって身柄を取り戻したということよ」

「そんな馬鹿な。うちにはそこそこの子分が残っていますぜ」

「まあ、家に帰ってみよ。娘はおらぬわ。ゆえにこの女裏同心が船頭の猪牙舟にわれらが乗せられておるのよ、勘蔵」

猪牙舟を沈黙が支配した。

「最前からわっしの名は呼び捨てですかえ、向来重五郎さんよ」

「おお、ようやく悟ったか」

「どういうことですね、それなりの金子は支払っていますぜ」

「あの程度の金子のぶん、すでにそれがしは働いておろう。もはやそなたのもとでは御用は務めぬということよ、勘蔵」

勘蔵が笠間某らを見た。

「われらはこの一件に立ち入らぬぞ、勘蔵。なにしろ向来重五郎どのの居合は尋《じん》常一様《じょういちよう》ではないでな、わしらがいくら束になっても敵《かな》わぬわ」

畜生、と吐き捨てた勘蔵が、

「どうだえ、向来の旦那よ、わしの膝の五百両を折半《せっぱん》にしないかね、そうなれば当分金には苦労しないはずだ」

「勘蔵、そなた、用心棒として剣術家をあれこれと雇ってきたはずだな、中にはそれがしのように妙な者がおるということよ」

「五百両では足りないというのか」

「勘蔵の膝の五百両包みに手を掛けておるのは吉原会所の女裏同心嶋村澄乃でな、もはやそなたの持ち金ではないわ」

「なにを抜かしやがる、稼いだ五百両、一文たりともだれにも渡さぬ」

と勘蔵が言い切った。

「ならば、その金子がだれのものか、はっきり決めるしかあるまいな」

向来重五郎が言い、澄乃が竹棹を突いてふたたび中洲から流れに猪牙舟を戻した。

猪牙舟は、長さがおよそ三十尺（約九・一メートル）、幅が四尺六寸（約一・四メートル）余。船底をしぼってあるために船足は出たが、揺れやすかった。

澄乃は向来が猪谷流の居合の遣い手と知ったときから、猪牙舟のような不安定な小舟の上で向来重五郎が居合を使ったことがないことに賭けていた。

「勘蔵、膝に抱えた五百両とともに舳先にいざっていけ。勝負にじゃまだでな」

との言葉を聞く前に笠間某らは舳先に向かって身を移した。

そのあとに猪狩の勘蔵が従った。

艫の澄乃は竹棹を手にしたまま佇《たたず》んでいた。

向来重五郎は猪牙舟の胴の間に片膝立ちの構えを崩さなかった。

両人の間合いは十二尺（約三・六メートル）余か。

居合術の遣い手の向来は間を詰める要があった。澄乃は、不慣れな竹棹が得物《えもの》だった。どちらにしても尋常勝負に入るには次の動きが要った。

静かな睨み合いが続いた。

大川の右岸沿いをゆっくりと流れに乗った猪牙舟を、河岸道の常夜灯《じょうやとう》がおぼろに浮かばせていた。

体の強張《こわば》りは竹棹を使っていた澄乃のほうが少ないだろう。それに対して向来重五郎は立て膝の構えで長いこと体を動かしていなかった。

（その差に賭けるか）

と澄乃が思案から行動へと移そうとしたとき、向来が立て膝に力を入れて不安定な猪牙舟を揺らした。

その瞬間、澄乃は竹棹を捨てた。

素手《すで》と悟った向来がいざりながら間合いを詰めようとした。

澄乃の手が帯に隠された、使い込んだ麻縄を摑むと一気に引き抜いた。

向来が揺れる猪牙舟で間合いを詰める最中、澄乃の飛び道具が虚空《こくう》に円弧《えんこ》を描き、向来の居合術で抜かれた刀が光になった瞬間、麻縄の先端の鉄輪《かなわ》が刀を抜いた右手に絡《から》み、舟から居合の達人を水面へと飛ばしていた。

嗚呼《ああ》

と悲鳴が猪狩の勘蔵から上がり、その直後、膝の五百両包みを飛ばして水中へ落とした。

澄乃が猪牙舟から飛躍すると沈み込もうとする風呂敷包みを摑み、岸辺に立ち泳ぎで向かった。そうしながらも向来重五郎が同じように流れのどこかで泳いでいることを察していた。

「おお、どうする、勘蔵親分」

「ご、五百両が流れに落ちた」

と騒ぐ声がして、船頭を失った猪牙舟が河口に向かってゆっくりと流されていった。

三

澄乃が今戸橋際の船宿牡丹屋に戻ってきたのは、夜半九つ半（深夜一時）の頃合いだった。ずぶ濡れの姿を見た牡丹屋の親方が、

「うむ、なんぞ大変な目に遭ったようだな。まずは湯殿に行ってな、湯に入りねえ。最前火を落としたが水よりましだろう」

と風呂場に追いやろうとした。

「神守様は未だお戻りではございませんか」

とようやく言った澄乃は身を震わせていた。

間もなく十一月、寒さが急に江戸を覆っていた。

「おお、神守の旦那も政吉船頭も戻ってこねえな。あのふたりのことだ、明け方までには戻ってこようじゃないか」

との親方の言葉に頷いた澄乃が両手に抱えていた風呂敷包みを差し出した。

「なんだえ、これは」

「灯心問屋から猪狩の勘蔵親分が脅し取っていった五百両にございます」

「おお、取り返したか。佐七親方は喜びなさろうぜ」

今戸橋を挟んで対岸の住人の気持ちを忖度《そんたく》した。

「神守様が灯心問屋の番頭の娘さんの身柄を連れ戻してくるといいんですがね」

澄乃が寒さを堪《こら》えて足踏みしながら言った。

「おまえさんの師匠格のことだ、必ずや娘さんを連れて戻ってくるさ。さあ、風邪を引かねえうちに湯殿に行きねえ、着替えはかみさんに用意させる」

と言った親方に、

「ああ、こちらの猪牙舟は、猪狩の勘蔵と用心棒侍を乗せたまま大川を下っていきました。あの者たち、猪牙を岸辺に着けてくれるかな」

「どこぞの岸辺に流れつけば、うちの船頭か、よその船問屋の船頭衆が見つけて引いてくるさ。今戸橋牡丹屋の名入りの猪牙だからな」

と親方が答えて濡れた風呂敷包みを受け取り、

「五百両を包んだ風呂敷包みは重いもんだな。こいつを抱えて岸辺まで泳いできたか、大したもんだぜ。吉原会所の女裏同心もよ」

と感心した。

澄乃が湯船に浸《つ》かっているとおかみさんが、

「いま竈《かまど》に薪《まき》を加えて火をつけたよ。しばらく我慢していなさい、温かくなるからね」

と声をかけてきた。

「大川の水に比べれば極楽です」

「いいかえ、ゆっくりと身を温めるんですよ、もはや冬本番ですよ、さぞ流れは冷たかったろうね」

「おかみさん、それなりに水は冷とうございましたが、風呂敷包みの五百両を川底に落とすまいと必死でしたから、その折りはさほど」

「感じなかったというの。わたしゃ、五百両を抱えて大川の流れを泳いで渡った娘を初めて見たよ」

と笑った。

澄乃は両目を瞑《つむ》って温《ぬく》い湯に浸かっていたが、いつしかとろとろとした眠りに落ちていた。湯がだんだんと熱くなり、冷え切った体になんとも気持ちよかった。

そして、古流泳法を承知と言った猪谷流居合の達人向来重五郎は、

（どうしているやら）

とその身まで案じた。

猪牙舟でなければ、ふたりの勝負はどうなっていたか。

澄乃は、向来の居合抜きをなんとか避け得たのは、一見素手の澄乃相手に猪谷流の居合を全力で振るったわけではないからだと思った。また、向来は自ら猪牙舟を揺らして不安定な状態の中で、

（どうしよう）

との迷いがあっただろうと思った。

半睡半覚《はんすいはんかく》の身で漠《ばく》とそんなことを思案していた。そして向来重五郎が必ずや澄乃の前に現れて改めて真剣勝負を望むことを確信した。向来ほどの遣い手が澄乃の隠し技に不覚を取ったのだ。許すはずはないと思った。すでに向来は澄乃の隠し技を承知している、二度と不覚を重ねるはずはない。

一方、澄乃は向来の猪谷流居合の技を未だ承知していなかった。

そんなことを考えていると牡丹屋の表が賑《にぎ》やかになった。

どうやら神守幹次郎らが戻ってきたのだと思い澄乃は急ぎ湯から上がった。体がぽかぽかして気持ちがよかった。おかみさんが用意してくれた着替えの上に綿

入れを着て、船宿の表に向かった。

そこに神守幹次郎が十五、六歳の怯《おび》えた娘を連れて立っていた。

灯心問屋の番頭の娘お葉だろうと澄乃は思った。恐怖の数刻を独りで耐えていたのか、最前の自分のようにがたがたと身を震わしていた。

「お葉さんですね」

と澄乃が幹次郎に質した。

「澄乃、お葉だ。ただ今、牡丹屋の若い衆が川向こうの灯心問屋に無事を知らせに走っておるわ」

「神守様、私、こちらで風呂を頂戴したところです。お葉さんも船宿の風呂に入られたらどうでしょう」

「おお、それはよき考えかな」

と応じた幹次郎が、

「澄乃は吉原会所のそれがしの朋輩だ。信頼せよ、風呂をもらって体を温めよ」

とお葉に命じた。

すると言葉の意を悟ったお葉が激しく首を振った。山谷堀を挟んで近間に住まいするお葉だが、他人の家で風呂に入ったことはないのだろう。

「お葉さん、私もこちらで湯に入らせてもらったの、初めてのことよ。船宿の湯も悪くないわよ」

と猪牙舟から大川の流れに飛び込み、五百両包みを摑んで岸辺まで泳いで、船宿牡丹屋に寒さに震えて転がり込んだ経緯を、笑いを交えて事細かに告げた。

お葉は澄乃の話を呆然《ぼうぜん》として聞いていたが、

「大川の水は冷たかったですか」

と問うた。

「ええ、冷たいよりなにより五百両包みを川底に落とすまいとして摑んでいたから必死だったわ。寒さに震え出したのは岸辺に辿《たど》りついてからよ」

と苦笑いした。

「五百両の包みって、なんですか」

お葉の問いに澄乃は幹次郎を見た。

「浅草三好町の猪狩の勘蔵の蔵でな、事情も分からぬまま怖い想いをしていたのだ。お葉には正直に告げたがよかろう」

「分かりました」

と澄乃が返事をして、

「お葉さん、その金子はね、そなたを勾引した猪狩の勘蔵が灯心問屋の佐七さんから身代金として強請《ゆす》り取った五百両なの」

「えっ、私の身に親方は五百両の大金を支払われましたので」

「お葉、勘蔵は、当初大火事をタネに佐七どのにあれこれと難癖《なんくせ》をつけて二百両を脅し取ろうと考えたようだが、偶さか使い帰りのそなたの身の上を承知の勘蔵の子分の話を受けて、そなたを攫《さら》って三好町の家に匿い、身代金を五百両に値上げして奪い取ろうとしたのだ。

われら、佐七どのから相談を受けて、それがしはそなたの身を奪い返す役目、この澄乃は佐七どのが理不尽にも払った五百両の金子を取り返す役目でな、なんとかふたつの役目を果たしてほっと安堵しているところよ。

いいか、お葉、こたびの一件、そなたにはなんの罪咎《つみとが》もない。怖い想いをしたであろうが、そなたを取り返そうと五百両の大金を支払った灯心問屋の主、佐七どのに感謝せよ」

とお葉の問いに幹次郎が答えていた。

「なんてことが」

とお葉は驚きの言葉を吐くとなにか思いついた表情を一瞬見せた。だが、幹次郎はその表情に気づかなかった。一方、澄乃はお葉の髷の一部が切り取られているることに気づいていた。

そのとき、幹次郎は我孫子沢矢柄を雇っていたのは、猪狩の勘蔵ではなかったかと思いついた。そして、弾左衛門の従兄弥一郎を殺したのも勘蔵一味かと推測した。

「お葉さん、事情は分かったわね。こちらでお風呂をもらいなさい。さっぱりした顔でおうちに帰りなさい。私が湯殿に案内するわ」

と澄乃がお葉の手を引いて風呂場に案内していった。

「お葉さん、髷を切ったのは猪狩の勘蔵一味の仕業ね」

「はい」

と頷いたお葉が、

「おっ母《か》さんが買ってくれた髪飾りも」

「取られたのね。でもお葉さん、大事な命が助かったのよ。髪も伸びてくるし、髪飾りはきっとおっ母さんが新たに購《あがな》ってくれるわ」

「はい。お父つぁんやおっ母さんのもとに戻れるのです。それがなにより大事ですよね」

幹次郎は湯殿から聞こえる女ふたりの問答からお葉が安堵した気配が窺え、こちらもほっとした。

「お葉さんはしっかり者ですね」

と湯殿から戻ってきた澄乃が幹次郎に話しかけた。

「おお、それがしが猪狩の勘蔵の蔵に飛び込んだとき、お葉は死を覚悟して、万が一の場合は舌を嚙《か》み切る決心をしていたそうな」

「勘蔵一家の子分どもはお葉さんの覚悟になど気づいてもいなかったのですか」

「そういうことだ。親分の勘蔵がいない一家はなんとも手応《てごた》えのない気配でな、とはいえ経緯も知らず捉《つか》まえられて蔵に放り込まれたお葉の恐怖をわれらは想像しがたい」

と幹次郎が言ったところ牡丹屋の若い衆に案内された佐七と灯心問屋の番頭の安蔵《やすぞう》の両人が姿を見せた。

「神守様、助かりました。このとおりです」

佐七がその場に平伏《へいふく》して頭を擦《こす》りつけ、父親の安蔵も主を真似た。

「ご両人、さような真似はせんでくだされ」

と幹次郎が願い、ふたりがようやく顔を上げた。

幹次郎がお葉を取り戻した経緯を告げると、ふたりの顔にあった緊張が少しだけ和《なご》んだ。澄乃がお葉から聞かされたとおり、髷の一部が切られ、髪飾りが取られたことを告げた。

「佐七どの、親父どの、猪狩の勘蔵一家の蔵の中で恐怖と寒さに耐えたお葉はただ今風呂に浸かって体を温めておるわ。お葉にも言うたが、こたびの勾引し騒ぎは不運以外のなにものでもない、お葉になんら失態はないでな、決して叱《しか》ったりせんでください」

と両人に言い添えた。

澄乃が濡れた風呂敷に包まれたままの五百両を幹次郎に寄越した。

「風呂敷が濡れておるのは大川の流れに落ちたゆえだ、水に飛び込んで必死の思いで風呂敷包みを拾い上げたのはわが同輩の澄乃だ。佐七どの、中身を確かめてくれぬか」

「お葉の身が無事ならばと、五百両は半ば諦めておりました」

と言った佐七が風呂敷包みを解き、二十個の包金《つつみきん》を行灯の灯りで丁寧に調べた。

「神守様、澄乃さん、たしかに数刻前、うちの蔵から出してこの風呂敷に包み込んだ五百両にございます。なんとお礼を申し上げればよいか分かりません」

と頭を下げた。

そんな佐七に会釈《えしやく》を返した澄乃がお葉を迎えに行った。

「お葉が無事に戻ったばかりか、身代金まで戻ってきました。神守様がたのお力を信じなかったわけじゃなかった。ただし、おふた方の迅速果敢《かかん》な行いには仰天《ぎようてん》しております」

「もはや猪狩の勘蔵が佐七さん方に手出しすることはございますまい」

と幹次郎が言い切った。

「と申されますと」

「あの者たちが恐れるのはやはり公儀の役人であろう。三好町はそれがしの知り合いの南町奉行所定町廻《じようまちまわ》り同心桑平市松《くわひらいちまつ》どのの差配地、それがしと同心どのとは昵懇の間柄でな。明日にも桑平どのに浅草三好町に立ち寄っていただき、猪狩の勘蔵に厳しい沙汰《さた》を下してもらおう」

幹次郎はお葉がえた頭浅草弾左衛門の配下ということを考え、桑平は公にはすまいと考えていた。

「なにからなにまで手早いことです」

佐七が応じたとき、澄乃に連れられたお葉が姿を見せて、その場に座すと、

「親方様、ご心配をおかけしました」

と頭を下げた。そして、

「お父つぁん、こちら様でお風呂を頂戴して着替えまで仕度してくれました。お礼を申し上げてください」

「お葉」

と呼びかけた父親の安蔵は感極まったかそれ以上の言葉は続けられなかった。その代わり隣座敷に控える牡丹屋の親方夫婦にぺこぺこと幾たびも頭を下げた。

「お葉、よう頑張ったな。神守様と澄乃さんおふたりから話は聞きました。私どもはそなたが無事に戻ってきたことが嬉しゅうございます」

と佐七がお葉に言った。

その言葉を聞いた幹次郎は、長吏頭九代目の浅草弾左衛門と吉原会所の頭取四郎兵衛の間には、秘密裏《り》に親交が続くことを確信した。灯心問屋の主の佐七は、長吏頭の後見人のひとりであり、明日にもこの一件は弾左衛門に伝わると承知していた。

澄乃が佐七ら三人を山谷堀の対岸の灯心問屋に送っていった。

「それがしもこちらの湯に入らせてもらえぬか。澄乃とお葉が湯に浸かって安堵した表情を見たらその気になった」

「おうおう、そうしなせえ、それがいい」

との牡丹屋の親方の返答に幹次郎は馴染の湯殿に向かい、湯に入った。

「なんとも気持ちがいいわ」

と独り言《ごと》を漏らしていると、

「うちの若い衆が吉原会所と柘榴の家に神守様と澄乃さんの無事を知らせてございますよ。湯から上がったら燗酒《かんざけ》が待ってますぜ」

と親方が応じた。

「おお、有難い趣向《しゅこう》が待っておるな」

「神守様よ、やはり一人二役は忙しいかね」

「多忙というか慌ただしいな。未だ切り替えができんで困っておるわ」

と苦笑いした。

「それにしても女裏同心の澄乃さんはなかなかの凄腕だな」

「おう、澄乃はな、おそらく猪狩の勘蔵の用心棒のうちでいちばん図抜《ずぬ》けた力の持ち主が向来重五郎と見た上で立ち合ったようだが、さような剣客《けんかく》の攻めを避けてよくぞ逃げ果せたものよ」

と幹次郎は手短に聞いた話から両人の猪牙舟の中での立ち合いを想像しながら言った。

「澄乃がいなければ吉原会所の八代目頭取四郎兵衛と裏同心神守幹次郎の一人二役など務まらないのはたしかだ。こたびも澄乃に助けられた」

というところに三人を見送った澄乃が戻ってきた。

「神守様、親方、明日にも佐七さんが改めて牡丹屋と吉原会所にお礼に見えるそうです。くれぐれもよろしくと私に申されました」

「お葉も家に戻って安堵したのではないか」

「はい、灯心問屋でおっ母さんも待っておられて、ふたり抱き合って喜んでおりました。その様子を親父さんの安蔵さんは涙を流して見ておられました」

「なにはともあれ、澄乃、そなたがおらねばこたびの始末はこううまくいかなかったろう。今もな、親方とそなたの働きに感心していたところだ」

と言った幹次郎が、

「向来重五郎なる用心棒の剣客も大川の流れに落ちたのだな」

と念押しして訊いた。

「はい、私の飛び道具の奇襲は予想もしなかったようで、揺れる猪牙舟から水面に転落されました。されど泳ぎも古流の泳法の達人とか、必ずや岸辺に泳ぎついておりましょう」

「そなたとの対決、これで終わったと思うか」

「いいえ、向来様はご自分の不覚をそのままにするお方とも思えません。次はどうなるか、不安です」

「なんとか手を考えねばならぬな」

と応じた幹次郎に、

「佐七さんが気になることを最後に告げられました。ええ、私を見送りに出た折りです。こたびそなたと神守様の吉原会所の裏同心ふたりに救われました、最前からそのことを考えているうちに嫌なことに気づきました、とね。そこで、『なにか気がかりが残っていましたか、佐七さん』と訊き返しますと、『浅草御蔵前通りの西側にある正覚寺《しょうかくじ》にお葉を使いにやったことを、猪狩の勘蔵はどうも承知していたのではないかとね』と漏らされました」

「なにっ、勘蔵の子分が偶さかお葉の顔を承知していて、勾引したということではないのか」

佐七の懸念を聞かされた幹次郎は澄乃を正視した。

「『まさかとは思うが、うちの配下のだれぞが猪狩の勘蔵とつるんでおるかもしれん』と佐七さんは」

「考えられたか」

「はい」

「長吏頭浅草弾左衛門様の配下の衆は、身内の結束が異常に強いと聞いていたがな」

「佐七さんは身内のだれかが一族を裏切り、勘蔵と手を結んだと考えておられるようでした」

「なんとのう、大火事のあと、直ちに強請りに来た背景にはさような動きがな」

「佐七さんは、この一件、うちの恥以外にございません、内々できっちりと決着をつけると申されておりました。三人を送っていく道中、お葉さんが浅草三好町の勘蔵の蔵に匿われている折りに耳にした言葉をあれこれと聞いて、佐七さんはそう思いつかれたようです」

「そうか、お葉がな、しっかり者の娘とは思うたが、それ以上に利発な娘であったか」

と幹次郎は得心した。

そのとき、

「おふたりさん、こちらに来ませんかえ。熱燗の酒を呑んでしばらくうちで休んでいきなされ。長い一日でしたからな」

と船宿牡丹屋の老練な船頭政吉の声がした。

四

結局、幹次郎と澄乃は船宿牡丹屋で仮眠を取って、朝餉《あさげ》まで馳走《ちそう》になり今戸橋で別れた。

澄乃は吉原会所に向かった。その背を見送っていた幹次郎は若い澄乃の体に重い疲労がこびりついているのを見た。

(なんということか)

呆然と吉原会所の女裏同心の後ろ姿をいつまでも眺めていた。ようやく意を決した幹次郎は、柘榴の家に向かった。ちょうど汀女が料理茶屋山口巴屋《やまぐちともえや》に出か

いの額を説明してみます。その上で、『さように金子がかかるか、それは無理であった』と答えられたら、私たち羅生門河岸と浄念河岸の姐さん衆にお詫びしましょう。ですが」

「ですが、なんだい。他に策があるというのか」

金次が無理だな、というふうに首を横に振った。

重苦しい沈黙が支配した。

「私もね、神守幹次郎様が安直にこの一件の手配をしてみよと言われたとは思えないのさ。たしかに私たちの計算にはまだ詰めが甘いところがあるかもしれない。でも、全く目処《めど》も立たない中で無駄に調べよと言われたとは思えないね」

綾香が沈黙を破って言い、澄乃を見た。

「はい、神守様にこれまでの私たちの働きを報告します」

と言った澄乃はその前にやることがあるような気がした。

「いったんおれたちの集いは解散だな」

金次が言った。

「ええ、その前にひとつお願いがあるの」

「なんだえ、澄乃さんよ」

「この三人が神守様の命で動いた一切の話、実現しないかぎり切見世の外には絶対漏らしてはいけないと思います。それを私たち、守らねばならない」

「おお、分かったぜ」

と金次が軽く応じた。

「金次さん、私たちの言葉次第では吉原会所そのものの、つまり八代目頭取の四郎兵衛様と裏同心の神守幹次郎様の一人二役体制が信頼をなくすことになります。どうか神守様が最終的に決断されるまで守ってほしいのです」

「おれならば大丈夫だよ」

と金次が言い切った。

「いいかえ、この話が廓内に漏れたらえらいことになるんだ。金次さんさ、澄乃さんの話をいい加減に受け止めないでくれないか」

綾香も険しい口調で言い切った。

「なにっ」

と怒りを見せた金次が女ふたりの表情を見て、

「わ、分かったぜ。この企てが潰れようとどうしようとおれは決して喋ることはないぜ」

と語調を変えて応じた。

澄乃はいったん吉原会所に戻り、神守幹次郎に面会して三人が天女池で計算した費えの額を報告した。すると幹次郎が頷き、

「澄乃、半年にかかる炊き出しの費えの額、どれほど詰めることができると思うな」

「綾香さんの計算が当たっているとして、半年の費え千五百六十両を千二百両に詰めるのがぎりぎりでしょう。あと切りつめる試みがあるとしたら、炊き出しの回数を一日一度に減らすくらいしか考えられません」

「澄乃、せっかくの炊き出しだ。切見世の連中に満足してほしいのだ、一日二度はなんとか守りたいのだがな。半年にかかる費えの千二百両をどこまで詰められるか、なんぞ他に考えがあるのではないか」

「非人小屋では毎日のように炊き出し同然の食事をこさえておられます。神守様、車善七の親方にお会いになって、大勢の炊き出しに必要な仕入れの仕組みや炊き出しの折りの工夫を尋ねていただけませんか」

「ほう、善七親方のところの暮らしを参考にすると申すか」

しばし考えた幹次郎が、

「それがしが善七どのに文を書こう。文を持ってそなたが善七どのに会い、直《じか》に教えを乞わぬか。ふたりいっしょに行ければよいが、ただ今の会所の体制でわれら裏同心がふたりとも吉原を空けるのは避けたい」

と言った幹次郎が御用部屋に籠《こも》って書状を認めた。

書いたばかりの文を携えた澄乃が大門を出ようとした。襟元に差した書状を見咎めた面番所の隠密廻り同心村崎季光が、

「文使いか、わしが同行して飛脚屋に交渉してやろう。半分に値切ってみせる。そのあと、五十間道の甘味屋《かんみや》で茶でも喫さぬか」

と言い出した。

「この文、私が直に届けます。お気遣い有難うございます。村崎同心様」

「ならばそのほうの届け先まで同行してもよいぞ」

「相手方は南町奉行所の池田《いけだ》様と申されますが、ごいっしょいただけますか」

「な、なにっ、会所の四郎兵衛が南町奉行の池田様に宛てた書状だと、わしの行状をあれこれと認めてあるのではあるまいな」

と動揺を見せた村崎が吉原会所に視線を巡らせたすきに、澄乃はさっさと五十間道を急ぎ足で歩いていった。

「おい、澄乃、お奉行の反応を聞かせてくれぬか。まさか金が絡んだ話ではないな」

という声が追いかけてきた。

が、もはや澄乃はそ知らぬ顔でさっさと歩き去っていた。いったん日本堤に出た澄乃は浅草寺領の浅草田町《たまち》二丁目を田圃道へと下っていった。

澄乃にとって御免色里に接した非人小屋には常日頃から世話になっていたが、これまで親しい付き合いはなかった。世話になるというのは吉原の下水の始末やどぶ掃除などを非人頭の車善七親方の配下の者が務めていたからだ。だが、非人の連中は廓内に客がいる刻限に姿を見せて、下働きをすることはなかった。また非人衆の面々から吉原会所の奉公人に声をかけることはなかった。

その場にありながら存在を感じさせない車善七の配下の配慮だった。

澄乃が浅草溜の入り口で頭の車善七に宛てた神守幹次郎の文を差し出すと、

「返書が要りますか」

と年寄りの門番が質した。

「返書は必要ございませんが、善七親方のお許しがあればお知恵をお借りしとうございます。さほど時は取らぬと思います」

「しばらくお待ちくだされ」

門内に入れられた澄乃はその場で待った。長い時を要することなく、こちらへ、と若い衆に奥へと通された。むろん澄乃が非人小屋の敷地に入るのは初めてだ。

非人頭の車善七が澄乃を待ち受けていた。

「吉原会所はさようなことを考えられましたか」

と神守幹次郎の文を手にした善七がいきなり用件に入った。澄乃は幹次郎の文の内容を知らなかったが、ただ頷いた。

「で、切見世の女郎衆三百数十人に一日二度の炊き出し、八代目四郎兵衛様らしいお考えです。で、一日当たり、あるいはひと月当たりの費えをいくらと計算されましたな」

「一食を五十文と考え、一日二度炊き出しをするのに八両と三分ほどかかります。ゆえにひと月で二百数十両の費えと計算致しました」

「ほうほう、なかなかの馳走を切見世の女郎衆に供されますか」

と善七が微笑みながら問うた。

「お頭、さような考えはございません。私どもの計算が甘いのは承知です。できれば半分に減じることができれば、四郎兵衛様も満足されようと考えております」

「半分ですか」

「一食二十五文、二食で五十文ですか」

と澄乃がふうっと息を吐いた。

「女裏同心さん、非人小屋と壁ひとつ向こうの廓内の切見世では地獄と極楽の差がございますな。うちの一食の費えはそなた方が当初計算された一食五十文の二割と言いたいがせいぜい一割で賄《まかな》っています」

「二割とすると十文、一割ならば五文ですか」

澄乃は言葉を失った。

「切見世の炊き出しとうちの食事に差がありましょうかな。私、廓の炊き出しを食したことがございませんゆえ、なんとも比べようがありません。とは申せ、切見世の一ト切百文の女郎衆が毎日尾頭《おかしら》付きの馳走とも思えません。澄乃さん、在所から吉原に売られてきて最後に女郎たちが行きつく場所が切見世の河岸ですな。大火事のあとの御免色里の吉原を不景気が見舞っておりますな、炊き出し、大いに結構です。ですが、ただ今の澄乃さん方の計算では、四郎兵衛様は、うん、と申されませんでしょうな」

「ダメですか」

「はい、話にもなりません」

どうすればいいか、澄乃には思いつかなかった。

「神守幹次郎様の書状にどのようなことが書かれているかご存じですかな、澄乃さん」

「お頭のご指摘よりももっと厳しいことが書かれていますか。いくらであるべきかと」

「いえ、費えが一日いくらいくらなどとはどこにも触れられていません」

「えっ、別の話ですか」

「炊き出しを成功させるには澄乃さんの頑張り次第とありました」

「どういうことですか」

「うちの賄いの材料の仕入れから調理のやり方まで学び終えるまで澄乃さんを非人小屋で過ごさせるようにとの神守幹次郎様の要請にございます。嶋村澄乃さん、小屋に入ってうちの面々と同じように過ごすこと、厭《いと》われませんかな」

しばし言葉を失った澄乃の脳裏に妓楼三浦屋の桜季が浄念河岸に落とされた衝撃が浮かんだ。が、歯を食いしばった澄乃は、姿勢を正すと深々と腰を折り、車

善七に頭を下げて、

「お願い申します」

と願った。

三

吉原会所の女裏同心嶋村澄乃のいつもの仕事着は、木綿《もめん》地の格子模様で色味はない。だが、車善七配下の面々の衣装はそれに増して地味な古びた茶色地で、しかし上も下も動きやすいような筒袖のお仕着せだった。

善七は助頭《すけがしら》とも呼ばれる魄十《いじゆう》に澄乃を紹介し、自ら事情を説明した。長い説明を淡々と聞いた魄十は、

「お頭、溜の食事の作り方のすべてを教えればようございますか。一日二度の素材の仕入れ、調理の方法などを見せればようございますか」

と念押しした。

「澄乃にすべて体験させよ」

「お頭、われらの食いものに関して裸の姿を見せよ、体験させよと申されますな。

そのあと、吉原会所がわれらの真似をして切見世の女郎にうちの仕入れと調理でつくった食いものを食べさせるということでございますな」

「魄十、同じ問いを繰り返すではない」

と車善七が助頭に厳然と言い放った。

しばし間を空けた魄十が、こくり、と頷き、

「承知しました」

と返事をして、善七が澄乃を見た。

「それでよいな」

善七が澄乃と魄十のふたりに言った。

「お頭様、助頭様、こちらが長年かかって造り上げてこられた大事な食いものづくりの秘密のすべてを吉原会所にご指導くださるとのこと、さような寛大なご助勢をお受けしてよいものでしょうか」

善七が澄乃を睨んだ。

「澄乃とやら、もはやそのほうは非人頭車善七の配下の一員にしか過ぎん。その分際でこの車善七に問いなどできんことを知れ。ただ魄十に従い、ただ今この瞬間から己の考えは捨てて魄十の命のみに従え」

「は、はい」

と真っ青な顔の澄乃はその場に平伏し、額を床に擦りつけた。

「澄乃、名も捨てよ。わしの命に従い、ひたすら動くのだ。じゃが、その前に、本日の夕餉の仕度が始まっていよう、そのほうに見せる。声を出して問うことなどできん。ひたすら見て五体に刻め」

こくりと頷いた澄乃を嵬十が連れていった場所は、溜のいくつもの建物を抜けて北西の角、新之助の火の番小屋の櫓の一部が見える辺りだった。

そこでは巨《おお》きな釜が六つ並び、家の建て直しの折りに出たと思しき廃材に火が点じられたところだった。するとその場にいた料理人が火と釜に向かい、両手を合わせて瞑目《めいもく》した。

即座に澄乃も真似た。

六つの釜の向こうに三尺（約九十一センチ）余の高さの棚段が延びていて釜の内側を覗けるようになっており、端に料理人頭と思しき男が立っていた。

火がだんだんと大きく盛んに燃え上がった。

傍らの嵬十が、

「非人の食いものも吉原の大楼《たいろう》に上がって食する御膳もすべて天上の神様が下し

おかれた同じ食いものである」

と澄乃に囁《ささや》いた。

そのとき、大釜の中から澄乃がこれまで嗅いだこともない異臭が漂ってきた。なにか生き物の肉が釜の中に入っており、火に温められて異臭を放っている。

澄乃は鼻を無意識のうちに押さえようとしたのをやめた。

(なんであれ、においを嗅ぎ、己の五体に刻み込むのだ)

炎がさらに強くなった。

すると料理人頭の無言の命で、配下のひとりが乾燥させた草と思しきものの束を六つの釜に投げ入れた。

異臭が変じた。

この調理場に四、五十人の料理人の助っ人がいたが、一切言葉はなかった。

釜に大きな木匙《きさじ》が突っ込まれ、掻《か》き回された。最前とは微妙に違ったにおいが澄乃の鼻を突いた。

香草や香辛料が加えられて、そのたびににおいが変わっていくのが澄乃にも分かった。

(新之助の火の番小屋に漂ってくるにおいだ)

ふいに遠くから調べが響いてきた。

なんと清掻の調べだった。

天下御免の遊里の夜見世の始まりの調べはまるで何万年も遠くから伝わってくるようだった。澄乃が初めて聞く調べのようにも思えた。

吉原と溜は、高塀《たかべい》に隔てられて存在していた。近くにありながら異界ふたつは隔てられてあった。

澄乃は己が吉原から何万年も離れた異界にある錯覚を得た。

不意に遠くから犬の声が聞こえてきた。

吉原会所の飼犬遠助だ。

澄乃はふいに老犬の体を抱きしめたい想いに見舞われた。

（ああ、非人小屋に生き物はいるのだろうか）

どれほどの時が経過したか。

大釜の下の炎が消えていき、大釜料理が出来上がったようだった。天秤棒《てんびんぼう》に下げられた大釜がふたつ男たちに担《かつ》がれてどこかへと運ばれていった。そして、いつの間にか螝十の姿も消えていた。

吉原からの灯りが高塀の上から溜に漏れてきた。

調理場にはひとつだけ釜が残っていた。澄乃にはなんとも表現できない初めてのにおいだった。料理人の助っ人たちがぞろぞろと集まってきた。四、五十人の男女は己の器と箸、木の匙を手にしていた、これから彼らの食事が始まるらしい。澄乃はどこかに自分の使える器がないかと周りを見回した。だが、器は銘々《めいめい》自分のものが決まっているらしく器の置場に余計な器は見当たらなかった。澄乃はどうしようかと戸惑った。

なにより、大釜で調理された食いものを澄乃が食していいのかどうかも分からなかった。すると澄乃の目の前に器と箸《はし》と匙が無言で差し出された。

驚きを隠して器を差し出した人物を見た。澄乃と同じ年齢か、あるいはひとつふたつ年下と思しき娘が無表情で差し出していた。

「有難う」

と小声で礼を述べた。

だが、相手はなにも答えなかった。

その瞬間、その娘の顔に見覚えがあることに気づいた。

車善七の配下の男たちは未明の廓内で掃除をするのが習わしだった。そんな「男衆」の中にこの娘がいたのではなかったか。むろん未明とはいえ大門を女衆が潜るのは禁じられている。善七の配下の女衆は「男」に扮して黙々と五丁町の汚物を拾い、清《きよ》めることがある。

いつだったか、女裏同心の澄乃は羅生門河岸の切見世のどぶから素手で汚物を拾い上げている「男」を見た。

澄乃はそのときの「男」が眼前の娘だと認識した。

天下御免と意地を張り通す吉原では、女の扱いには神経が使われた。むろん遊女の足抜を用心してのことだ。蜘蛛道に住む女人は大門の出入りに吉原会所が発行した「切手」を提示せねばならなかった。ところが非人小屋の面々は、男も女も人として認められず、未明に掃除をなす者たちは廓内にいてもその場に存在しないことになっていた。娘も一応「男」の形ながら、存在そのものが廓内にはなかった。

会所の女裏同心にとって人物をひと目で男か女か区別するのは、当然の使命だった。だが、非人小屋の住人にだけはそれを指摘することはなかった。

相手は澄乃が何者か承知だと思えた。

名も知らぬ娘が顎で従うように命じた。娘は大釜の行列の後尾《こうび》に澄乃を連れていった。

黙々と進む行列の中で娘が器を左手に持ち、箸と木匙を縁に添えて見せた。澄乃も黙ってそれを真似た。

段々と大釜が近づき、娘の器にひと掬《すく》いの食いものがつがれ、行列を離れた。澄乃の器に同じように温かい食いものがどさりと盛られ、行列を外れた。娘は高塀際に立って澄乃の動きを見ていた。澄乃はゆっくりとした歩みで娘の傍らに歩み寄り、頭を下げた。

娘が厚意から澄乃に非人小屋の仕来たりを教えようとしているのか、あるいは助頭の魄十の命でなしているのか判別がつかなかった。

娘が無言で立ったまま器の食いものに木匙を突っ込み、口に入れた。なにか言いかけた娘は無言のまま澄乃の行いを見た。

大釜の食いものの具材がなにか知らないまま、澄乃も匙に少し掬い、口に入れた。

異臭が澄乃を刺激した。

(うっ)

吐きそうだった。必死で堪えた。吐いてはならないと思った。すると薬草の微妙なにおいが吐くことを避けてくれた。

いつの間にか大釜の食いものはつぎ分けられたか、男たちが大釜を片づけていた。

その場にふたりの娘が残されていた。

(どう)

といった表情で娘が澄乃を見た。

澄乃は吐き気を堪えて頷いた。なにか口にすることはできなかった。

「あなたが食したどんぶりの中身がなにか承知しているのよね」

澄乃はその問いに頷いた。頷くしか澄乃にはできなかった。娘の視線を避けるために両目を閉じようとして我慢した。

その問いが発せられるだろうことは非人小屋に入ったときから想像していた。だが、想像をはるかに超えていた。澄乃はふたたび両目を瞑り、食いものがなんであるか脳裏から消そうとした。

(さようなことはしてはならぬ)

と思った。

口の中の食いものを喉に落とし込み、くあっ、と目を見開いて、器の食いものに匙を突っ込み、最前より多くの量を口に入れた。

それを見た娘が澄乃から視線を外した。

その瞬間、澄乃は口の中の食いものを受け止めきれず吐いた、いや、吐こうとした。その寸前、手を口に突っ込み、食い物を喉奥へと強引に落とした。死に物狂いの行為だった。そんな行いを娘は承知していると澄乃は思った。だが、娘が澄乃に視線を戻したがなにも言わず、自らを指して、

「やす子」

と言った。

「やす子さんね、私」

「嶋村澄乃」

とやす子が告げた。

「私が何者か承知なのね」

「ああ」

と言ったやす子が高塀の向こうを顎でしゃくった。

「そうか、いつか切見世で会ったものね。いつも有難う」

と礼を述べる澄乃をやす子は驚きの顔で見た。

「私がこちらへなにしに来たか承知なの」

やす子は頷き、

「食いものを食べ終えるのが先よ」

と言って木匙と箸を器用に使い、一気に夕餉を食べていった。

澄乃も真似て食しながら、

（具材がなにかを知るのはあとだ）

と己に言い聞かせた。

ふたりは一気に食べ終えた。

そのとき、澄乃はやす子の器が丁寧に水で洗ったようにきれいなことに気づいた。慌てた澄乃は匙を使い、器に残った食いもののかけらを集めて食べ、器も匙も舌先で舐《な》めた。

そんな澄乃を見たやす子がにっこりと笑った。

ふたりは大釜が運び込まれた建物の一角にある器置場に行き、澄乃は器をやす子の器の隣に置いた。

「澄乃さんはうちに食いものづくりを教わりに来たのね」

頷いた澄乃は手短に経緯を話した。

「そうか、廓の中にも食いものに困っている女郎さんがいるのか」

「五丁町の大きな妓楼の遊女衆は食べる心配などないわ。だけど、切見世の女郎衆はこのまま客の入りが悪ければ明日にも食いものがなくなるの」

「それでうちの食いものがどんなものか見に来たというわけね」

「違うわ。切見世女郎に一日二度食事を供するとしていくら費えがかかるか、私たちなりに計算したの。八両三分」

「えっ、八両三分、ひと月なの、一年なの」

「いいえ、一食五十文と見積もると女郎衆の食い扶持は一日に八両三分かかる」

やす子が言葉を失い、

「ひと月だと二百六十余両かな」

「物を知らないにもほどがあるわ」

「やす子さん、私、貧乏浪人の出でね、幼いころから父と暮らして、三度の食事は私がつくってきたわ。費えがどれほどかかるか身に染みていた」

「その澄乃さんが切見世女郎衆の一日の食事代をひとり百文と見積もったのね」

「貧乏浪人の食い扶持はその三倍はかかったもの」

やす子は無言で澄乃を見つめた。

「非人小屋にはだれに命じられてきたの」

「私の上役、裏同心の神守幹次郎様に溜の賄いを作れるようになるまで戻ってくるなと命じられたわ」

「神守様は吉原の八代目頭取四郎兵衛様と一人二役よね」

「やす子さんたら、廓のことをなんでも承知ね」

「澄乃さん、私を馬鹿にしているの」

「違うわ。褒《ほ》めたつもりだけど」

そう、と応じたやす子がしばし沈黙して考え込んだ。

「吉原の廓内に、私たち非人小屋の住人は昔から通い、毎日何刻も下働きしてきたわ」

「承知している」

「澄乃さんはなにも私たちのことが分かっていない。いえ、澄乃さんだけではない、吉原会所のだれもが私たちの存在を無視してきた。女郎衆も客も私たちの前ではなんでも喋るわね。私たちは人として見られていない、廓のどこにいてもいないのよね。でもね、あなた方には知らない私たちの特技があるの。多くの仲間が読み書きできないゆえ、聞いてすべてを記憶することができるの、どんな長話も聞いて覚えているわけ」

澄乃は呆然自失した。

「吉原会所の人たちも女郎衆も同じと思うけど、自分だけは非人小屋のやす子さんたちを人並みに認めてきたと思っていたわ」

「澄乃さんは吉原会所の奉公人になって何年なの」

「さほど前のことではない、見習いよ。だからこそ、吉原の成り立ちについて必死で学んだわ」

「私たちの存在を知ったのは、吉原会所と関わりを持つ前、それとも吉原会所に奉公してから」

「吉原会所に奉公してからよ」

「それで私たちのことが分かったと言い切れる、澄乃さん」

澄乃はやす子の問いに答えられなかった。そこで、

「吉原会所の奉公人では番方の仙右衛門さんがいちばんの古手よ」

と話の矛先を変えた。

「そう、廓内で生まれて廓内で育ち、吉原会所に奉公した。番方は物心ついたときから私たちを見てきたにもかかわらず、私たちを全く認めてない」

と言い切ったやす子が、

「こんなことを言うのは澄乃さん、あなただからよ。吉原会所に長年勤めたからといって物事の理が分かっているなんてことはないわ」

「やす子さん、番方は廓を出て柴田相庵《そうあん》医師のもとで手伝いをしてきたお芳《よし》さんと暮らしているわ。物の見方が変わったということはないかしら」

「おそらく私たちへの見方はふたりしてなにも変わってない。相庵先生は私たちのことを承知よ。だけど婿養子のような番方に私たちのことを話す気はない」

(なんてこと)

「吉原会所の頭取から見習い中の女裏同心まで、非人小屋のやす子さんたちを見ているようでなにも見てないのね」

澄乃はこういう状況を、

「偏見《へんけん》の塊《かたまり》」

というのではないかと考えた。

「澄乃さんが胸の内で葛藤《かっとう》している考えは正しいわ。でもね、ひとりだけ私たちを人として認めているお方がいるわ」

「だれかしら」

「分からない」

「思いつかないわ」

「あなたを非人小屋に送り込んだ主よ」

「神守幹次郎様」

「神守様は吉原会所の頭取四郎兵衛様と一人二役、となるとふたりと言っていいのかな」

「神守様はこちらのことが分かった上で私を送り込まれたの」

「そう、切見世の女郎衆の食い扶持がいくらか、大した問題ではない。神守様は澄乃さんに私たちの暮らしをとくと見ることを願って送り込まれたのよ」

「私はどうすればよいのかしら」

「澄乃さん、自分の胸に問いなさい。女郎衆の賄いづくりを考えるのはそのあとのことよ」

とやす子が言い切った。

四

「私たちの暮らしをとくと見る」

とはどういうことか。

澄乃は混乱する頭で考えた。やす子に従って彼女の過ごす一日を朝から晩まで見習うか、と澄乃は思案した。だが、それでは安直に思えた。

やす子の言動には一分《いちぶ》の揺るぎもなかった。むろん物心ついてから非人小屋で過ごしてきたゆえ、季節の移ろいから日々の仕来たりまで小屋の出来事すべてを承知なのであろう。

やす子は澄乃に、

「自分の胸に問え」

と突っ放した言い方をした。そんなやす子に願ったとしても非人小屋の暮らしを教えてくれるとは思えない。

澄乃は、何刻か前の己を思い浮かべていた。そこには非人小屋の敷地に入ったばかりでなにも知らない自分がいた。そして今も同じく、自分の胸に問うたところで溜のことには無知な自分しかいなかった。

鉄漿溝《おはぐろどぶ》、さらには高塀の向こうに澄乃の馴染の吉原があった。

すでに四つの刻限は過ぎていよう。

大火事に見舞われた江戸を一段と厳しい不景気が覆っていた。とはいえ、大門を閉ざす引け四つ（午前零時《れいじ》）までの一刻弱の間に大門を潜ろうとする客の気配とそれを迎える五丁町の遊女たちの嬌声《きようせい》がなんとなく伝わってきた。

澄乃はいつしか己の知る御免色里を思い出していた。吉原の顔の五丁町、先の見えない沈滞に沈む切見世。そして九郎助《くろすけ》稲荷に詣《もう》でる客や女郎の気配を感じていた。その気配は羅生門河岸の関わりの客か女郎だろう。

ふと長年羅生門河岸で暮らしてきた切見世女郎綾香の顔が浮かんだ。

（なにをしてなさる、澄乃さんよ）

と不意に問われたと思った。

（浅草溜でやるべきことが思い浮かばないの）

ふーん、と投げやりの返答があり、

（澄乃さんらしくないね）

（どう考えればいいか分からないの）

間があった。

（おまえさんが大門を初めて潜ったとき、なんぞ承知していた）

（なんとなく察しがついたわ）

（ほう、偉かったね）

と言い放った綾香の言葉に蔑《さげす》みがあった。

(それで今は全く非人衆の暮らしが見えないってか)

(は、はい)

(おまえさんは頭がいいや、考えずに身を動かすことだね)

(………)

(まだ分からないようだね。ということは非人衆の暮らしを見ていないということだ)

(見ています)

(澄乃さん、私が羅生門河岸にいた時分の暮らしを見たかえ)

(少しばかり承知していました)

(少しばかりね、なにも見てないということだね)

と綾香が言い切り、

(どんな世にもピンからキリの暮らしがあるよ。ただ今の非人小屋をしっかりと両目を見開いて見なされ)

と言い添えた綾香の気配が意識から消えた。

深夜の四つ半(午後十一時)か、溜の住人がすべて眠り込んだわけではない。

三人の男女がどこから得てきたか、溜の外の暮らしから拾い集めてきたごみを無言で仕分けしていた。

江戸の住人が捨てたごみを暗くなってから集めてきたのだろう。黙々と小さな灯りのもと、仕分けしていた。

澄乃は最前からこの仕分けされる作業を見ているようで見ていなかった。澄乃が見ていたのは、己の頭の中に浮かんだ吉原の暮らしだった。

綾香姐さんは現《うつつ》を見よと澄乃に教示したのだ。

澄乃は異臭を放つごみの選別作業に加わった。

浅草溜で初めて会う面々と思えた。ごみを選別する作業は素手であった。澄乃は考えることをやめた。

捨てられてあったごみに食べられるものがあれば傍らにある器に入れる、単純な作業に思えた。

澄乃が摑んだぐにゃっとした煮物と思しきものを使えないものを入れる竹籠に入れた。水分を抜いて燃料にでもできるか。竹籠の中身はそんなものばかりだ。するとひとりの女衆が澄乃の捨てた煮物と思しきかけらを素早く拾い、非人衆の食いものになる器に入れ戻した。その動作は、

(頭で考えるな、手の感触で判断せよ)

と言っていた。

澄乃はひたすら無言の三人の作業を真似て動いた。浅草溜の非人衆が生きるための作業を繰り返した。すると澄乃が選別して捨てた残飯が器に戻される回数が少しずつだが、減ってきたように思われた。

夜明け前、ごみの中から選ばれた食いものを入れた器が三つになったとき、作業は終わった。三人に従い、三つの器を改めて煮炊きする六つの釜へと運んでいった。

そんな澄乃をやす子が見ていたが、声をかけることはなかった。

夜明かしして作業した三人が建屋に入りかけて足を止めた。そして、澄乃を振り返った。無言の動作は、われらといっしょせよと命じていた。

どこをどう抜けたか、建物の中に小さな部屋があり、三畳ほどの板の間と土間があった。

土間では年寄りの女衆が湯を沸かし、澄乃らに供してくれた。さらにどんぶりにうどん汁を注《そそ》いで四人にそれぞれ手渡した。

合掌した三人を真似て澄乃は手を合わせ、うどんを食した。

澄乃を含めた四人衆は食後にふたたび白湯《さゆ》を飲み、器を舐めるようにして清め、合掌して食いものに感謝した。

そして、男衆ふたりは高床の寝間《ねま》に転がり込み、澄乃と女衆のふたりは板の間に古びた綿入れを掛けて横になった。なにかを考えることなどできなかった。ただ横になり、両目を瞑った途端、澄乃は眠りに落ちた。

二日目の夕暮れ、三人といっしょに溜の外から拾い集められたごみの選別作業を始めた。ひたすら黙々とした作業だった。だが、澄乃はこれまで感じ得なかった、

「生きてこの世にある」

実感を得られた。

そんな選別作業が十日ほど繰り返されたか、ふいにやす子が澄乃の前に姿を見せた。

「どう、生きている」

と澄乃にしか聞こえない囁き声で問うた。

ただ頷いた。

「今日から別の作業をしてもらうわ」

と言われ、目でしか問答を交わさなかった三人と澄乃は別れた。

やす子は、建物の一角に掘り抜かれた地下への階段を下りた。どこから入ってくるのか、かすかな自然の光に浮かび上がったのは乾燥した諸々の草や果実だった。

澄乃が大量の乾いた草木から見分けられたのはヨモギ、つくし、ふき、しそ、セリ、ナズナなどいくつかしかなかった。

「これらの草花は澄乃さんにも分かるわね」

問いにしばし間を置いて反問していた。

「ヨモギを摘《つ》んで煮炊きしたら食せるの」

「そのままでは食べられない。アクを抜かねばね」

「アクを抜く」

澄乃はずっと父親とのふたり暮らし、ヨモギのアクを抜くことなど教えられなかった。いや、父親もさようなことに関心を持っていなかったのだろう。

「ヨモギを食べられるようにアクを抜くには、木炭やわら灰を使ってゆでるの」

とやす子が言った。

澄乃には全く想像もつかない知恵だった。

「いいこと、ゆでたヨモギをザルに上げて冷たい水で粗熱《あらねつ》を取り、さらに新たな冷水に浸けるとアクが抜ける。それでようやくヨモギが食せるの」

やす子はなんでも承知していた。

「私たちの周りに生えている植物は多くのものが食せるわ。ただし、どれもがひと手間仕事が要るの。それさえ分かれば、百姓衆が育てる野菜を買わなくても自生《じせい》している新鮮な草で十分よ」

やす子はさらになんらかのタネと思しきものや、乾いた果実、果皮《かひ》、花、つぼみ、葉、根っこなどを見せて、無言で問うた。

澄乃は当然これらがなんのためのものか知らなかった。

「葷辛《くんしん》や椒《はじかみ》は香りやら辛味《からみ》をつけて、食いものの嫌な臭いを消すことができるの。いちばん知られたのは胡椒《こしょう》ね」

と教えた。

「どこで得ることができるの」

「すべて植物の果実や葉、根を干したものよ、探せば私たちの周りにあるものから得られるの。このことを知るだけで、私たちが口にできる食いものが何十倍にも増えるわ」

澄乃は切見世の女郎衆の炊き出しにひとり頭五十文もかかると計算した己の無知が恥ずかしかった。

「今日からはヨモギのアク抜きなどを覚えなさい」

と地下に澄乃をひとり残して、やす子は姿を消した。

澄乃はひとりになって改めて乾燥させた草や果実を眺めて記憶した。

どれほど時を経たか、自然の光が弱まったとき、地下への階段をコトコトと下りてくる音がした。

なんと非人小屋の門番を務めていた年寄りだった。

「ほう、わしの持ち場に待っているのは、やはりおまえだったか」

と言った。

「私、吉原会所の雇人《やといにん》」

「嶋村澄乃じゃな」

「はい」

「羅生門河岸の女郎衆に炊き出しをするそうだな」

「は、はい」

「金がかからん方法を探しにうちに来たか」

門番の年寄りの問いに澄乃は頷いた。

「生半可《なまはんか》なことを他人から聞いて知って実行しても却《かえ》って高くつく、命を失うこともあるでな。無料《ただ》ほど高くつくことを知らねばならぬ」

「はい」

との澄乃の短い返答に門番の年寄りは、

「一からあれこれと学ばねばならんゆえ膨大《ぼうだい》な時を要する。おまえさんにはその暇が許されておるめえ。わしは一度しか説《と》かぬ。ゆえに一度で覚えよ」

「紙に認めてようございますか」

と断られることは承知で質した。

「ならぬ。手先に覚えさせよ。分かったか」

「は、はい」

「ここにある草木には水で洗ったくらいで食せる物はなにひとつない。アク抜きのやり方は植物一つひとつで異なる。そいつを手先に刻み込むのは大変なことぞ」

「今から教えてくださいますか」

「いや、夜の間にいくら行灯の灯りを強くしても植物の状態が違って見える。明早朝から始める。並みの者は半年から一年は最低でもかかろう、そなたに許されたのは十日かぎり」

と名も知らぬ門番が言い切った。

「そなたさまがたのお仲間が半年から一年かかることを私には十日しか許されていませんか」

新たなる難儀が澄乃の前に降りかかろうとしていた。

「切見世の女郎衆は、一日も早く炊き出しが始まるのを待っておるのではないのかな」

「申されるとおりです。腹を減らした女郎衆が待っておられます」

「わしらなどより天下御免の吉原の暮らしは贅沢であろうと思うてきたが、苦しいか」

「過日の大火事の炎は吉原に入りませんでしたが、いよいよ苦しい暮らしに切見世の女郎衆は追い込まれています」

「大火事で困るのはわしらとて同じことよ」

「こちらにも影響がありましたか」

「おお、あったな」

「ですが、こちらでは泰然《たいぜん》としておられる」

「そなたがたは大火事の影響で客が減り、ということは実入りがなくなり、食いものすら購えなくなった」

「はい。私がこちらに教えを乞いに来た理由です」

澄乃の言葉に頷いた老門番が、

「わしらは大火事の現場から燃え残りのものを大量に拾ってきて蓄え、施すことができるものは保存食として蔵に保管してある。またその場で火を通さねばならぬ燃え残りには最前から見せた胡椒などを加えて調理して食してきたゆえ大いに助かっておるわ」

「こちらでは大火事の現場から食いものを得てこられましたか」

澄乃は呆然自失した。

同じ火事の被害を受けていても吉原ではいよいよ苦しい暮らしに追い込まれ、非人小屋では大量の保存食が得られたという。

(この違いはなんなのだ)

「分からぬか、そなたには」

「分かりません」

「吉原は銭に拘《こだわ》り、わしらは物に拘ってきた。たったそれだけの違いよ。このことをどう理解するかが、そなたがうちで学ぶ唯一のことよ」

と年寄りが言い切った。

第四章　慶長小判騒ぎ

一

どれほどの時が流れたか。

澄乃に非人溜での修業を命じた神守幹次郎は、昼見世の始まる前、天女池のお六地蔵に詣でた。澄乃本人からはもちろん、車善七やその配下の者からも修業者の動向は聞こえてこなかった。

幹次郎は、いささか若い女裏同心に無理を命じたかと胸の内で案じていた。だが、そのことを吉原会所で口にすることはなかった。

本日も朝四つ（午前十時）時分、大門を潜ろうとすると面番所隠密廻り同心村崎季光に捉まった。

「おい、神守幹次郎、いささか質したい儀あり」

村崎同心にしては珍しくしかつめらしい顔で声をかけられた。

「おや、南町奉行所の腕っこき村崎どの、なんぞ御用でございますか」

「なんぞ御用だと、そんな暢気なことでよいか」

「はあっ、昨夜、廓内で騒ぎが起こりましたかな」

「大火事のあと一度は増えたかにみえた客の入りがまた少ないのだ。廓内で騒ぎは起こっておらぬ。たとえ騒ぎが起こったとしてもわしが睨みを利かせておるゆえ始末は容易につけられよう」

「で、ございましょうな。とすると、村崎どのの質されたいこととはなんでしょうな」

幹次郎はすでに村崎の疑問に当たりをつけていた。澄乃の不在しかあるまいと推量がついた。

「そのほうの同輩、女裏同心嶋村澄乃のことよ」

「はあ、澄乃がなにか」

「おい、神守、澄乃が実家に戻ったなどという戯言《ざれごと》は、この村崎季光には通じぬ」

村崎同心が澄乃の動静についてどこまで承知かと幹次郎は思案した。かたちばかりだが四郎兵衛会所を支配する南町奉行所面番所勤務の村崎の動きは、それなりに気になることではあった。金子が動くとなると目ざといのだ。

「このところ、そのほうの同輩の姿を見かけぬ。どこにおる」

「いささか若い同輩に廓の御用を務めさせせんと、大門の外に修業に出してございます。それがなにか」

「それがなにかじゃと。廓の外にて修業して吉原会所の、ひいては面番所の御用が務まると考えたか」

幹次郎は、村崎同心の言動から、澄乃が非人小屋に滞在しているとは承知していないと推量した。

「いえ、敏腕なる村崎どのがすでに申し述べられましたが、大火事のあと、極端に客の入りが悪うございます。そこで澄乃に命じて調べさせたところ、羅生門河岸や浄念河岸の切見世女郎が三度のめしどころか一日二食に減らしても満足に食えぬということを、つまりは銭がないことを知りましてな、澄乃に炊き出しを考えよと命じました」

「なにっ、その話は本気か、銭がかかるぞ、神守」

「われら、女郎衆の稼ぎでこうして生きておりますゆえ、かような際は当然かと存じましてな。ああ、温情をもって知られる村崎同心どの、もしや炊き出しの費えをなにがしか供してくださるか」

「ば、馬鹿を申せ。なぜ南町奉行所同心のわしが金を出さねばならぬ。神守、そのほう、本気で炊き出しを考えておるか」

「いけませぬか」

「切見世女郎に温情をかける前に五丁町の大籬の妓楼にひとりでも多く客を呼ぶ工夫をなせ。天下御免の吉原の景気がよくなるには三浦屋を筆頭にした大楼が潤わんとどうにもならんぞ」

「さようなことはそれがし百も承知です。されどかような策は裏同心風情ではどうにもなりませぬ。公儀が乗り出して世間の物と人を大いに動かさねばなりますまい。となると、南町奉行所の腕っこき、村崎どのの出番ですな。お奉行の池田様に直談判してくれませぬか」

「そのほう、廓内でそれなりの歳月暮らしてきたな、一隠密廻り同心が町奉行の池田様においそれとお目にかかるなどありえないことを承知ではないか。そなた、さようなことができるかどうかくらい分かろうが」

「えっ、老練にして鋭敏なる村崎どのでもできかねますか。ふーん、とするとどうしたものか」

大門を入った辺りで幹次郎は大仰に腕組みして考えるふりをした。

「おい、そのほう、最前からの話柄をすり替えておらぬか。澄乃はどうしておるという話はどこへ行った」

なんと村崎同心は執拗《しつよう》に迫ってきた。だが、村崎が澄乃の行方をおよそ把握しての掛け合いとも思えなかった。

「村崎どの、東と西の切見世にて女郎が何人働いておるかご存じですかな」

「わしに切見世女郎が幾人おると質しおるか、さようなことは面番所隠密廻り同心の把握することではない」

と村崎同心がうそぶき、

「最前も言うたな。五丁町の大楼に客が入らぬことがこの際、差し障りじゃぞ。切見世の一ト切百文の女郎など幾人死のうと生きようと知ったことか」

と大門前で怒鳴り、幹次郎が手で自分の口を押さえた。

それを見た村崎同心が、

「なんぞわしが言うたか。わしは本心しか口にせぬ」

と言った。

「村崎どの、大門にて大声で、御免色里の遊女衆が幾人死のうと生きようと知ったことかと、喚かれましたな」

「なに、わしはさようなことを申した覚えはないぞ」

「いえ、それがし、たしかに聞きましたぞ。ということは村崎同心どのの本心、大門内の引手茶屋の衆にも妓楼の遊女衆にも届いたということ」

幹次郎の言葉に村崎同心がしばし無言で思案し、

「わしがさようなことを」

と小声で漏らした。

「申されました。もはや村崎どのの懐の実入りが減ずるということでは、いや、さような実入りは一切なくなるということではございませんかな」

と村崎の耳元に顔を寄せて囁いた幹次郎が、

「それがしはこの問答に関わりなし」

と言い残し、

「これより昼見世前の見廻りに行きますでな」

とそそくさと大門前から四郎兵衛会所の傍らを抜けて榎本《えのもと》稲荷へと足を向けた。

「おお、おい、裏同心。いいか、わしが申したのは親しき朋輩の神守幹次郎への冗談じゃぞ、そのことが分からぬか」

との言葉に幹次郎は振り向きもせずに片手を虚空に上げて、ひらひらさせた。

浄念河岸から開運稲荷に向かいながら、襟に差し込んでいた黒文字《くろもじ》を抜くと、歯の間の食いかすを思わず取った。無意識にしてしまったことに慌てて、辺りを見廻した。すると江戸町一丁目の蜘蛛道の出入り口に人の気配があった。

幹次郎は口の端の黒文字を手で隠しながら抜いた。

「神守幹次郎様ともあろうお方が日中表で黒文字を使われるのを、汀女先生や麻様がどうお考えになりましょうかな」

蜘蛛道から姿を見せたのは綾香だった。

「ううーん、えらいところを見られたな」

「村崎同心に苛《いじ》められてご当人も上気されましたか」

綾香はあの場を見ていたか、そう言い放った。

「まあ、そんなところかのう」

「忘れましょ」

と綾香があっさりと応じた。

「頼む」

と頭を下げた幹次郎はなにか用事かと綾香を見返した。

「水道尻の火の番小屋の新之助さんがさ、旦那に、天女池で会いたいとさ」

「相分かった」

綾香に代わってそそくさと蜘蛛道に入り込んだ幹次郎に、

「澄乃さんの話だね、新之助さんの用事はさ」

と付け加えた。

羅生門河岸の切見世に長年暮らしてきた綾香は、故《ゆえ》あって吉原会所の女衆になった。それからの短い期間に会所の人脈をことごとく把握した。切見世時代には貯めた小銭を食い扶持に困った同輩に貸し与え、利息も取らぬ温情を見せていた綾香は、廓内でなにが生き抜く知恵かを察した利発者だった。その知恵を吉原会所に移り住んでも発揮していた。

幹次郎は短い間に綾香が吉原会所の内外を察したのは、澄乃との付き合いからだと見ていた。

「そなた、澄乃の居場所を承知かな」

「裏同心の考えを推量するほどの力は、元切見世女郎にはありませんよ」

この言葉を聞いて、なんとなく綾香は澄乃の居場所を承知ではないかと思った。

そうであったとしても、綾香であれば口止めすることはないだろうと考えた。

天女池の赤い衣装《ちゃんちゃんこ》を着せられたお六地蔵の前に会所の老犬遠助が寝転がっていた。

「新之助、それを、松葉杖を突いた新之助が見ていた」

「格別に裏同心の旦那に報告する話があるわけじゃないがさ、なんとなく気になってさ」

「ほう、気になることとはなんだな」

「神守の旦那は切見世女郎相手に炊き出しをやる気だろ」

「下調べを願ったのは綾香、金次、澄乃の三人であったがな」

「神守様よ、いつも言うな。おりゃ、こんな体だ、松葉杖を突くほど不じゆうってんで、おれの前では人は気を抜くのかね、ついつい本音を漏らす者だっているのさ。この話、おれが知っていて厄介な話と思えないがね」

「いかにもさよう。もし実行できれば悪い話ではあるまい。そなたにも最初から一枚嚙んでもらうべきであったか」

「さあな、この一件、実現するに差し障りがあるとしたら、やはり金子かね」

「まあ、そういうことだな」

「で、澄乃さんが廓の外に出て金策に奔走《ほんそう》しているか」

「どうであろうな、このご時世だ。わが同輩がどのような考えを持っているか知らぬが、金集めはそう容易《たやす》いことではあるまいな」

「切見世女郎はそれなりの人数がいらあ。この人たちに三度三度食べさせるのは大変ではないか」

「素人考えで三度のめしは無理、せめて一日に二度と考えた。だが、計算してみるとかなりの銭がかかる」

「澄乃さんは廓の外で費えをつくることを考えてなさるか」

その言い方に新之助は澄乃の居場所をやはり承知かなと考えた。

「いや、炊き出しにかかる費えを少しでも減らす道はないかと澄乃に相談したのだ」

「そうか、金子があればさようなことは考えないよな。ないとなれば少しでも節約できる道を探るしかないか」

「新之助、そなた、澄乃の修業先を承知ではないか」

「当たっているかどうかは知らねえ。だが、なんとなく察しはつけられるぜ。澄乃さんの修業がうまくいくことをおりゃ、願っているぜ」

新之助の言葉に幹次郎はいくたびも首肯した。そして、

「神守様よ、世の中は妙だよな」

と新之助は不意に話柄を変えた。

「なんぞ妙なことが起こったか」

「へえ」

と応じた新之助が松葉杖にぶら下げていた布袋を外すと幹次郎に差し出した。

幹次郎は、なにも問わず古びた布袋を見て、さらに新之助に視線を移した。が、手を出すことは控えた。布袋の中身に推量がつかなかったからだ。

「妙なことですよ、旦那」

「ほう、妙なことね」

幹次郎は新之助の言葉を繰り返して応じた。

「受け取ってくんな、番小屋に放り込まれてたのさ。神守幹次郎様と宛名があり、『炊き出し代、些少也《さしょうなり》』との添え書きがあった。つまりおまえ様宛てのものだ」

「それがしに宛てたご厚意が、番小屋に投げ込まれていたと申すか」

と受け取った幹次郎は、重さとかたちから包金四つ、百両と察した。

「些少どころではないな。このご時世に大変な金子だ」

「ああ、いってえだれが」

「そなたにも察しがつかぬか」

新之助が首を横に振った。

「まさか贋金《にせがね》ということはなかろうな」

「包金の包み紙を破って中身を見たわけじゃございませんや。もっとも中身を見たからって真贋《しんがん》なんておれには分かりませんがね。この先は、宛名の主、神守幹次郎様、そなた様の出番だ」

と言い切った。

「念押しするぞ。何者がなしたか全く推量もつかぬか」

へい、と新之助が短く答えた。そして、新之助は首を振り、

「全く百両の主に覚えはありませんや」

と言い切った。

ううーむ、と漏らした幹次郎は寄贈人が分からぬ百両が己にどのような影響を与えるか思案した。よいことばかりではないような気がした。足を引っ張られる

可能性もあると思った。しばし沈思した幹次郎は、

「しばらくの間、この包金、忘れてくれぬか」

「神守幹次郎さん宛ての百両を当人に渡したんだ、もうおれに関わりは一切なくなったよ。忘れるもなにもないな」

「頼もう」と願った。


「おい、大変じゃぞ。こりゃ、慶長《けいちょう》小判だぞ。そのほう承知か、歴代の小判の中でも金の含有量《がんゆう》が最も多いと聞いたことがある。金子に詳《くわ》しいわしも初めて拝見致すわ」

と村崎季光同心が感嘆した。

神守幹次郎は、この包金が善意のものではないとまず推量した。たとえば吉原会所や幹次郎を貶《おとし》める狙いではないかと考えた。ならば面番所の隠密廻り同心に話を通しておくのがよかろうと思い相談したのだ。

「本物であろうか」

「ううーん」と唸った村崎同心が、

「とくと聞け。まず慶長小判の本物の重さは四匁《もんめ》七分六厘《りん》(約十七・七五グラ

ム）ほどと聞いたことがある。まずそんなものであろう」
と一枚の小判を手にした村崎同心は、掌から虚空に軽くぽんぽんと上げる真似をして言い切った。

「次いで肌だ」

「はあっ、小判に肌がありますか」

「裏同心と日ごろ威張《いば》っておるがなにも知らぬな。肌とは小判の表面のことだ。本物の慶長小判はな、肌が滑《なめ》らかでたがね目《め》が細かく、深い。おお、いかにもたがね目がしっかり揃っておるな」

「村崎どの、なんとも詳しゅうございますな」

「神守幹次郎、そのほう、それがしをただの金好きと思うたか」

「金子は嫌いですか」

「好きだな、それも銭より両目《りょうめ》のある小判がいいわ」

村崎同心が手にした小判を顔に当てて頬ずりした。

「最後にな、慶長小判の刻印、つまりはこの花押《かおう》が大事なのだ」

と幹次郎に見せた。

いやはや、面番所同心をいい加減な御仁と決めつけていたが、慶長小判について一家言《いっかげん》を持つとは信じられなかった。

幹次郎は村崎同心が示した慶長小判の表裏の花押をとくと見た。小判に花押が捺《お》されているなど、意識したことがなかった。それだけに村崎同心の説明に得心できた。

「ほうほう、花押がすっきりとして整ったのが本物の証《あか》しですな」

と幹次郎は花押をとくと見て述べた。

「素人はこれだから困る。いいか、よく聞け、裏同心。

その昔、本物の慶長小判は、花押の線の太さ、刻印の深さがまばらでな、いかにも筆で一枚一枚書いたようなものだったと聞いたことがある」

「はあっ、ばらばらですと。なぜですな」

「おい、神守、慶長の治世はいつのことだ」

「慶長年間ね、百年も前かな」

「いや、慶長元年は今からおよそ二百年も前だ。花押を一つひとつ彫り込んでいた面倒な作業から打刻に移ったのだ。だが、これは筆字の花押だな」

「となるとこの小判は贋小判ですかな」

「いや、本物だな。金の含有量が八割四分ほどの慶長小判間違いなしと見た」

と村崎は言い切った。

「百枚となると百両ですな」

「しっかりせぬか。小判が百枚あれば百両、当たり前ではないか」

「村崎同心どの、神守幹次郎、感動致しました」

「百両に感動したか」

「いえ、村崎同心どのの小判に関する博識にそれがし、いたく感服致しました」

と言う幹次郎と村崎同心は面番所にふたりだけでいた。

「で、この百両、どうする気だ」

と村崎同心がいつもの欲深げな表情に戻り、質した。

ふと気づいた。

いつの間にか、夜見世の始まる刻限になっていた。

二

「と申されますと」

「この金子、そのほうに宛てて贈られたと言うたな」

「は、はい。火の番小屋に投げ込まれていたそうな。番太の新之助がそれがしに渡してくれました」

「おうおう、であれば、番太ひとりのみがこの慶長小判の経緯を承知ということだな」

「それとわれらふたりにございまするが、それがなにか」

「しっかりせぬか。番太の口を封じるのはそのほうの役目だ、いいな」

「いえ、口を封じずとも新之助は他人には喋りませぬ」

「いや、それがよくないというのだ」

「はあー、どういうことですな、村崎同心どの」

「それほど勘が鈍《にぶ》いとは思いもしなかったわ。念のためそのほうが新之助の口を封じれば、この慶長小判百両のことを知る者はわれらふたりだけだな」

「いかにもさよう。それがどうかしましたか」

「わしが知る両替商の主に古銭を集める道楽があってな、金の含有量が多い慶長小判、かように保存状態がいいものなれば、割り増しの百数十両で買い求めるとかねてより公言しておるわ」

「おお、さすがに村崎同心どの、この慶長小判を道楽者の両替商に売り、百何十両に増やしますか。となればいよいよ炊き出しの元手が増えますな。米や魚、野菜など炊き出しの材を買うのに回せるとなると大助かりだ。切見世の炊き出し、一日二食と考えてきたが、三食に増やすことができるやもしれませぬ」

と言い切る幹次郎を蔑みの眼差しで村崎同心が見た。

「未だ工夫がなんぞ足りませぬか」

との幹次郎の問いに、はあっ、と息を吐いた。

「お教えくだされ、村崎どのの考えを」

村崎季光がじっと幹次郎を凝視した。

「おい、そなた、生涯金には縁があるまいな」

「おお、褒めておいでてござるか。それがし、金子には恬淡《てんたん》としておるよう常に己に命じており申す。とは申せ、先代の四郎兵衛様のご厚意で寺町に柘榴の家なる小体な住まいを持ち、汀女に義妹《いもうと》の加門麻に下女のおあき、さらには柘榴の家の先達の猫の黒介に飼犬の地蔵までいっしょに安楽に暮らしておりまする」

「そのことよ、先代の四郎兵衛が血迷った末にそのほう夫婦に柘榴の家を贈りおったわ。あの家ならばそれなりの金子で売り買いできようぞ」

「は、はい。それがし、姉様と豊後の岡藩を抜けて以来、十年ほどまともな屋根の下で寝たことはございませんでな、ただ今の暮らしに満足でございます」

と改めて感に堪えたように幹次郎は告白した。

「おい、神守幹次郎、話をややこしくするでない。われらの前にある慶長小判百両に関心を戻せ」

「村崎どのの知る道楽者の両替商に売り払うのでしたな」

「違う、神守幹次郎」

「どう違うと申されるので」

「この慶長小判百両、われらふたりのものだ」

と厳然と宣告した。

「いえ、『炊き出し代、些少也』とそれがしに宛てて贈られた篤志家《とくしか》の百両にござる。つまり炊き出し代としてどこぞのお方がそれがしに委託《いたく》して切見世の費えに使えと贈られたものでござる。われらふたりのものではござらぬ」

とふたたび金子に執着する村崎季光に戻った面番所同心に言い切った。

「そのほう、なんとも頭が固いのう」

「はい、善意の金子を猫ばばなどできませぬ。隠密廻り同心どの、さようなことをなすとわれらの両手は捕縄《とりなわ》で括《くく》られますぞ。そうだ、捕縄は村崎どのがお持ちでしたな。自前にて済まされるな」

ううーん、と唸った村崎同心が、

「そのほう、猫ばばなどできぬというか」

「できません」

と幹次郎が言い切った。

「ならばこうしようではないか」

「どうすると申されます。いえ、なによりこの金子、それがしに宛てて贈られたもの、村崎どのが使い道に加わる曰くはありませんな」

「わしはそなたに知恵を授けておるではないか。

いいか、よく聞け。この慶長小判のことはわれらふたりしか知らぬのだぞ。わしに任せよ、この慶長小判をわしの知る道楽者の両替商に売り払う」

「やはり猫ばばですな。できかねます」

「違う、猫ばばなどではないわ。両替商で慶長小判をこの寛政の御代《みよ》に使われる小判に両替えしようではないか。慶長小判百両をただ今流通する寛政の小判百数十両に換金するのだ。そして百両を炊き出し代に使う、残りの数十両をわれらふたりで分配致す。これならばなんら差し障りはあるまい」

と村崎同心が言い切り、

「なんとも知恵が回りますな」

と幹次郎が本気で感嘆した。

「で、あろうが。それにしても百数十両が数十両の儲けに減じたわ。そのほうの頭はどうなっておるのだ。いいか、わしが両替商に掛け合い、慶長小判百両を少なくとも百五十両と換金しようではないか。となるとふたりの懐に二十五両ずつ入るか、利が薄くなるのは致し方ないな、神守幹次郎」

と村崎同心が言い放った。

「南町奉行所隠密廻り同心村崎季光どの、この慶長小判百両は炊き出し代としてそれがしに委託されたものでござるゆえ、それがしの好きにできるものでは本来ございませぬ」

と幹次郎は繰り返した。

「それゆえ知恵を授けたではないか」

「この慶長小判を両替されてどのように増やそうと、すべて炊き出し代に用いられるべきものにござる。それがし、吉原会所の八代目頭取四郎兵衛と相談の上、然るべき処置を致す所存」

「なに、そのほうら、四郎兵衛と神守幹次郎は一人二役ではないか。そのほうが得心すればそれで事が済む。というわけで慶長小判を有効に使う手立てがある、すでに教えたな」

「村崎どののお知恵は拝聴致しました。この金子、そなたの顔を立てて南町奉行池田長恵《ながしげ》様に使い道を相談致します」

嗚呼ー

と村崎同心が呻《うめ》いたが、最後の踏ん張りとばかり言いかけた村崎を制して、

「村崎同心どのの話を聞いていて、この慶長小判の趣旨に疑いを抱きましたぞ」

と幹次郎は言い直した。

「どういうことだ」

「ただ今の御代に珍しき慶長小判を火の番小屋に投げ入れ、それがし宛てに匿名《とくめい》にて委託した行為に、いささか疑義《ぎぎ》がござる。どなたか知りませぬが、それがしを、ということは吉原会所そのものを貶めようとして仕掛けた罠《わな》とも考えられませんか」

「なにっ、罠じゃと。わしには善意の行いに思える、ゆえに神守幹次郎と相談を受けた面番所の村崎季光の両人が使い道を選べばよし」

とまた元の儲け話に戻そうとした。

「村崎どの、よいですな。それがしが、ということは八代目頭取の四郎兵衛が南町奉行池田様に相談致します」

「うーん、わしの相談料はなしか」

「それそれ、この匿名の贈与者になんぞ仕掛けがあるとしたら、いいですかな、村崎同心どのが縷々《るる》説明くだされた話に従って両替商に売り渡すことをわれらが選べば、われら、罠にはまり、吉原会所も面番所も潰されることが考えられます。相談料などこたびの一件で考えなさるな」

しばし頭を両手で抱えていた村崎同心が、

「久しぶりに稼ぎがわしの手にあったというに、堅物《かたぶつ》の裏同心がことごとくひっくり返しおるか。ま、待てよ」

と頭から両手を離した村崎が、

「四郎兵衛が池田奉行に会うのだな、ならばその折り、わしが知恵を授けたことを奉行に伝えてくれぬか。奉行の頭に村崎季光の名が刻まれれば、ひょっとしたら定町廻り同心に出世する機会になるかもしれんぞ。頼む、神守」

村崎同心は三同心の中でも花形の定町廻り同心に昇進することを熱望しており、

同輩の桑平市松を引きずり下ろして後釜に入ろうと日ごろから画策していた。さような考えでの言葉であろう。

しばし間を置いた幹次郎が、

「さあてどうでしょうな」

と首を捻った。

「どういうことだ」

「四郎兵衛が池田奉行に面会してこの慶長小判を差し出すとしたら、村崎同心の仰ったことを正直に告げねばなりませぬな。となると当然猫ばば話になりますな。村崎同心どのは、お目付臨時同心の調べを受けて切腹、八丁堀の役宅から身内一同追い出されることになりますな。それでもよろしいのでございますかな」

「お、おい、いいわけがあるまい。忘れよ、この面番所で話し合ったことはすべて忘れよ」

村崎同心の動揺した態度を見て立ち上がり、

「この慶長小判が南町奉行所に渡った折りは、そなた様に報せがいくようにお膳立てしましょうかな」

「神守幹次郎、わしを脅しよるか」

「面番所の隠密廻り同心どのを裏同心風情のそれがしが脅せるわけもありませんな。わが手にある慶長小判、明日じゅうにも南町に届けますでな」

「いいか、神守幹次郎、四郎兵衛はその慶長小判の入手方やその後、面番所で話し合ったことはすべて忘れて、ただ差し出せ。よいな」

と言うのをとくと確かめた幹次郎は、面番所の戸を開いて大門前に出た。

不意に清掻の調べが聞こえてきた。

「それがし、この足で見廻りに参ります」

「見廻りなりなんなり勝手にさらせ。わしは役宅に戻る」

との村崎同心の声が追いかけてきた。

八代目四郎兵衛は、村崎同心に約定した以上のことをなした。南町奉行池田筑《ちく》後守《ごのかみ》長恵と北町奉行小田切土佐守直年《おだぎりとさのかみなおとし》の両人が同席の場で慶長小判百両を披露し、その始末方を願ったのである。

非人頭車善七が支配する浅草溜で嶋村澄乃の必死の修業が続いていた。何日が経ったか当人には勘定もできないほど多忙な日々だった。ある意味では、余計な思考が入らぬほど次から次へと教え込まれ、それを自ら繰り返す時が続き、そのお蔭で生きていた。

非人たちが暮らす溜には心地よいことより、と不快を堪えることのほうが多かった。が、澄乃には逃げることができなかった。なにしろ教えを乞うている相手の暮らしそのものなのだ。

この日が終わろうとしたとき、ここ何日も姿を見なかったやす子が現れ、

「どう、修業は続けられそう」

と質した。

澄乃は一瞬瞑目し、両目を開くと、

「最後まで続けます」

「澄乃さんが溜に来て何日が過ぎたか、何回うちのめしを食したか分かる」

「五日くらいまで日にちが経つのが分かりました。そのあとは何日経ったかなど推量もつきません」

と正直に答えた。

澄乃は溜でもらった作業着がすかすかになったように感じられていた。食べるのはどのようなものでも口に押し込んでいた。むろん、

「味を感じる余裕」

などなかった。この溜で供された食いものを食べることが修業を全うしていることだと思い、喉に強引に落としていた。


「よく頑張っているわね」

「ひたすら日々の作業を熟《こな》すことで精いっぱいです。私、こちらで邪魔になっているだけではないでしょうか」

「最後の言葉は無用ね。澄乃さんにとっての修業はうちにとってはふだんの作業そのもの、食い扶持くらいの働きは十分しているわ」

「ふうっ」

と息を吐いた澄乃は思わず、

「よかった」

と呟いていた。

「ひと月が過ぎたわ」

「はあっ」

と応じたが、やす子の言ったことが信じられなかった。

「うちに来てからひと月を超えたの」

「そんな」

と答えた澄乃だが、ひと月も経ったとは耳を疑った。

「私、ひと月も過ごしたというのに日々のことを覚えていないように思えます」

と思わず漏らしていた。

「澄乃さん、頭に覚えたことは日が経てば消えていくわ。だけど、澄乃さんが五体五感で体験してきたことは体に、手先に刻み込まれているの。大丈夫、おまえ様の痩せた体が覚えている」

とやす子が言い切った。

「修業は終わりですか」

「これ以上うちにいても、澄乃さんのためにはならないわ。会所に戻りなさい」

「やす子さん、私がこちらに来た大きな理由は、炊き出しの費えをどれほど減じられるかを学ぶためでした。むろん短い間ですが、それでもひと月で体験したことを利用すれば、私が最初に考えた一食五十文などは論外だと思います。しかし吉原で同じことをなすことができるか、つまり仕入れをどうするか、大きな課題が私には残されています」

「吉原会所の裏同心ならば、町場のごみ箱を漁《あさ》らなくても食材は手に入るわよ」

「どういうことでしょう」

「魚河岸、大根河岸《だいこんがし》に行きなさい」

「魚河岸も大根河岸もただではくれません。やはり金子を支払わねばなりません」

「はい。澄乃さんが承知の魚河岸でも大根河岸でも、炊き出しのためとなったらこれまでのように鷹揚《おうよう》な買い物はできませんね。いい、御免色里吉原の妓楼、引手茶屋や蜘蛛道の住人たちが毎日購う魚や野菜は膨大な量、つまり大変な額よ。それを束ねているのは吉原会所よね、つまり澄乃さんがたね」

「やす子さん、妓楼が毎日購うゆえ吉原会所の費えを安く、あるいはただにしろと頼めと申されますか」

しばしやす子が澄乃を凝視した。

「それがひと月の成果なの。なにも三浦屋の台所と同じ魚や野菜を購えとは言ってないわ。いい、とくと聞いてね。日本橋の魚河岸が毎日稼ぐ金子は千両といわれているわね。私どもが狙うのはそんな数字に無縁の部分よ。一軒の魚問屋が売りさばく魚からは、頭や骨やあらなど売れない部分が大量に出るのよ。それが河岸全体となれば相当な量よ。こたびの仕入れは切見世の炊き出しの品でしょ。新鮮なあらや骨などを頂戴してくるのよ。吉原の大籬や引手茶屋が考えたこともない部分を使いなさいと言っているの」

「ああー」

と澄乃は悲鳴を上げていた。

「いい、大根河岸ではその日の店仕舞いの刻限、大量のしなびた野菜が出るわ。うちでは魚河岸や大根河岸から無料で頂戴してくるの。その代わり、夜のうちにきれいに掃除をしているわ。吉原会所ならばさようなことを考えなくても、相手方に頭を下げて事情を述べれば、ただでもくれるでしょうね」

なんということか、思いもつかないことだった。

「待ってください、やす子さん。魚河岸も大根河岸もさような品は、この非人小屋の独占ではなかったの。うちがあとから入り込んでいいの」

と澄乃は浅草溜の長年の仕来たりを破る行いをなすことを気にした。また若いやす子がひとりで事を決め、秘密を伝えてよいのかと、

「やす子さんに迷惑がかからないの」

と案ずる問いを発した。

しばしやす子は澄乃の表情を楽しむように見ていた。

「ひとつ目の疑問から答えるわ。ふたつの河岸ともに膨大な品が捨てられるのよ。それらの品物を長吏頭の浅草弾左衛門配下のえた衆とうちが独占してきたわ。それでもふたつの河岸から出る売れない品はたくさんある。だからかまわないの。でもね、ひとつだけ。私たちが無料で頂戴して、他へ売りさばく真似をすれば魚河岸と大根河岸に迷惑がかかるということよ。私どもはその辺りのことを常に気配りして頂戴してくるの」

やす子の言葉に澄乃はがくがくと頷いた。

「私にはもうひとつの懸念があるわ」

「若い娘の私の言葉が有効かどうかという疑問ね、澄乃さんはどう思われます」

と反問した。

「非人小屋にはたくさんの食い扶持が要りますね」

「そう、非人小屋には無数の老若男女がいるわ。だけど、非人頭車善七の娘は、私ひとりよ」

澄乃は答える術《すべ》もなくやす子を見た。

「な、なんと、やす子さんのお教えはすべて親父様、車善七様のお考えですか」

こくり、とやす子が頷いた。

三

火の番小屋の番太の新之助は、朝まだき、鉄漿溝《おはぐろどぶ》と高塀の向こうから、なにか鉄製の道具を錫杖《しゃくじょう》のようなもので叩く音を耳にして非人小屋を見た。初めての音色《ねいろ》だった。

淡々とした音に人の声が加わることはなかった。

(なんだえ、ありゃ)

非人の読経《どきょう》かね、と思案したが新之助には思いつかなかった。

番太の朝の仕事、番小屋から水道尻の掃き掃除を終えた新之助は茶を淹《い》れて飲んだ。そして、ちらりとこのところ姿を見かけない澄乃のことを思った。

神守幹次郎は澄乃に炊き出しの費えを減ずる仕事を命じたと言った。なんとなく澄乃が非人小屋にその知恵を借りに行ったのではと想像したが判然としなかった。

というのも天下御免の遊里吉原に接してある非人小屋と新之助ら吉原の住人や、江戸の人々とは付き合いがないからだった。だれに言われたわけではないが、車善七配下の非人小屋の衆や浅草弾左衛門が率いるえた衆は、まるで異人のような存在で、見て見ぬふりをするのが習わしだった。

どこへ行ったか、澄乃のひと月を超える留守は異常だった。ともかく、

(澄乃さんの顔が見たいな)

と思った。

そんな新之助が昨日の残り物で朝餉を済ませ水道尻に立つと、京間百三十五間先にある大門口を見た。

夜見世の遊客は居続け客以外、大門をとっくに出て普段の暮らしに戻っていた。だから、仲之町はがらんとしていた。

だが、七軒茶屋から江戸町一丁目の入り口にかけて、馴染の野菜売りの百姓衆や季節の花を売る露店商いが何軒か商いをしていて、その前に七、八人の客たちが並んでいるのが見えた。

遊女衆は客を送り出し、二度寝をしている刻限だ。そのせいか朝の光に照らされた仲之町は、長閑《のどか》というよりも閑散《かんさん》としていた。

新之助は朝餉の後始末をすると、ふらりと人影のない京町一丁目の木戸を潜り、切見世の並ぶ西河岸へと不じゆうな足を向けた。松葉杖をこつこつと鳴らして歩

いた。

西河岸の角地には開運稲荷の小さな赤鳥居があった。

新之助は稲荷社の前でなにがしかの銭を賽銭箱に投げ入れ、柏手《かしわで》を打って頭を下げた。足の悪い新之助の日課だ。

廓内の四隅には開運稲荷の他に榎本稲荷、明石稲荷、そして九郎助稲荷と四稲荷があったが、足の不じゆうな新之助にとってすべての稲荷を毎朝詣でるのは、いささか辛《つら》かった。そこで番小屋に手近な開運稲荷を詣でることで済ませていた。

不意にカラスどもが、カアカアと鳴いて煩《うるさ》い。そのせいでもないが蜘蛛道に入り込み、揚屋町《あげやちょう》を抜けてまた別の蜘蛛道に入り、天女池を訪れた。

遊女衆にとって官許の遊里は苦界《くがい》だが、この天女池ばかりは極楽だった。

新之助は松葉杖を頼りにお六地蔵に向かった。

小さな池に日が差して水面を赤く照らした。

そのとき、新之助はお六地蔵の前にしゃがんで手を合わせる女がいて、吉原会所の飼犬遠助がその背に寄り添っているのを見た。

(だれだえ、あの女)

と一瞬いぶかった新之助は、

「澄乃さんじゃないか」

と思わず声を出していた。

遠助が新之助を見るように体をのろのろと起こし、女衆が立ち上がった。

「ああ、やっぱり澄乃さんだな、そうだよな」

との問いかけに女衆が新之助を見た。

「おお、澄乃さんだ」

と漏らしながら松葉杖を急ぎ動かし、お六地蔵へと向かった。新之助の眼差しは澄乃に向けられていた。ふいにいつもの歩みに戻した。いや、一瞬、足を止めた。

(ほんとうに澄乃さんか)

と疑った。

新之助が知る澄乃よりも弱々しく痩せていた。それに醸し出す雰囲気が澄乃とは違うように思えた。

「澄乃さんだよな」

新之助は話しかけた。すると相手ががくがくと頷いた。

「おお、やっぱり澄乃さんだ」

と喚いた新之助は必死で澄乃のもとへと駆け寄った。

澄乃が駆け寄る新之助に手を差し出した。

その瞬間、やはり澄乃と感じが違うと思った。こんなことはこれまで新之助が感じもしなかったことだ。

半間（約〇・九メートル）の間に迫った新之助が足を止めた。

笑みを浮かべた顔もいつもの澄乃とは違って見えた。

「どうかしたの、新之助さん」

と問う声音は間違いなく嶋村澄乃だった。だが、なにかが異なっていた。

(問うてはならぬ)

と新之助は思った。

「いやさ、久しぶりに会うんでよ、びっくりしたんだよ。元気そうだな」

「ええ、元気よ」

「だよな、おりゃ、もう会えないいんじゃないかなんて考えていたからよ、魂消たぜ」

「旅をしていたの」

「そうか、旅か。遠方にだな」

こくりと澄乃が頷いた。

澄乃が旅をしていたというこのひと月のことを、やはりこれ以上問うてはならぬと新之助は思った。

「どう、吹矢の稽古をしていた」

「吹矢か、澄乃さんが留守をしていたからよ、吹矢には触ってもねえや。どうしてかね。やっぱりよ、澄乃さんがいねえと吹矢の稽古なんかやりたくもなかったし、しようなんて思いつきもしなかったぜ」

と答えた新之助は、

「神守の旦那や番方の仙右衛門さんに会ったかよ」

「まだよ。旅から戻った挨拶をまずお六地蔵にしようと思ったの」

「そうか、そうだよな。お六地蔵に無事旅から戻りましたと詣でるのが会所の者のすることだよな」

と言った新之助は迷った。

「どうかしたの」

「ううーん、言っていいかな。旅で苦労したんだね。湯屋に入ってさ、ご一統に会ったほうがいいかなと思ったんだ」

と遠慮げに漏らした。

「えっ、私の体汚れているの、くさいの」

澄乃は初めて気づいたかのように新之助に問い返した。

「いやね、旅をすると汗もかくよな」

「そう、くさいんだ。どうしよう」

と漏らす澄乃に、

「あのさ、澄乃さん、おれの番小屋にしばらく潜んでいないか。おれがさ、着替えを持ってくるからさ、おれの行きつけの湯屋でさ、湯に浸かり、さっぱりと着替えて神守様や番方に会ったほうがいいと思うよ」

「わ、分かったわ」

「今なら人が訪ねてくることはあるめえ。番小屋にいな。それでよ、着替えはどうすればいい」

しばし考えた澄乃が、

「柘榴の家に行って汀女先生か麻様に願ってみて。きっと揃えてくれるわ」

「合点承知した。おりゃ、風呂敷に包んで番小屋に戻ってくるからよ。だれが来ても顔を出すんじゃねえぜ」

と言いおいた新之助と澄乃は天女池から別々の蜘蛛道を抜けて、澄乃は番小屋へ、新之助は柘榴の家へと急いだ。そうしながら、

(旅になんぞ行ったんじゃない。なにか格別な経験をしたんだ)

(それでよ、澄乃さんが変わったのか)

(ああ、そうよ、ありゃ、旅塵《りょじん》なんてもんじゃねえ)

(だとしたらどうして澄乃さんの見た目がああ変わったのか)

(あのな、外面だけじゃねえぞ、澄乃さんは心の内から変わらざるを得ない経験をしたんだよ)

と新之助はひとり頭の中だけで言い合った。そして、これ以上「旅」のことを追及してはいけないと心にかたく誓った。


神守幹次郎は澄乃が吉原を留守にしている間、できるだけ吉原会所にいるように心がけていた。

この日、五つ半(午前九時)時分、番小屋の新之助に呼び出されて天女池に向かった。蜘蛛道に入ったとき、

「なんの用事か」

と質した。

「澄乃さんから願われたんだよ。天女池で旅の報告がしたいってね」

「ほう、旅ね、旅に行っていたか」

「ああ、無断で旅に出ていたんだろ。若い娘だ、あれこれと悩みはあるよな。いいかえ、神守の旦那よ、いきなり叱ったりしないでくんな」

「わが同朋の処断を案じるか」

「おうさ、女ひとり旅に出るのは大変なこったぜ。そう思わないか」

新之助は澄乃が旅に出ていたと思い込もうとしていた。自分が信じてないと幹次郎を説得できないと思った。

「ああ、そうだな、大変だな」

天女池のある明地に入ったとき、後ろから来る新之助の気配が消えた。そして、天女池のお六地蔵の前に澄乃が立っていた。

(ううーむ、痩せたか)

と遠目にも苦労が偲《しの》ばれた。

この朝、新之助が柘榴の家に着替えを取りに行く前に幹次郎は会所に出ていたゆえ、澄乃の着替えが持ち出されたことは知らなかった。さっぱりはしていたが顔も体もやつれていた。

(そうか、非人小屋の暮らしが応《こた》えたか)

と思ったがそのことには触れず、

「澄乃、炊き出しの費えをいくら減ずる目処が立ったな。たしかおまえさんたちの最初の試算ではひとり一食五十文と考えたな。なんとか半分ほどに減らせるか」

神守幹次郎の問いに澄乃はしばし無言で応じた。

「半分としても会所の費えはそれなりの負担になります」

「ほう、ということは半分以下に絞り込めたか」

「神守様はいくらなら満足にございますか」

「そうよのう。十五文、いや、ひとり一食十文、二食で二十文なればそなたの苦労が報われるわ」

澄乃の無言の顔に笑みが浮かんだ。

「頑張ったな」

「どういう意にございますか」

「それなれば吉原会所も支払えるというのだ」

「このご時世、さらには先の大火事が加わりました。天下御免を誇った遊里吉原の厳しさはこれからいつ果てるとも知れず続きましょう」

「おお、続こうな。だが、半年や一年はなんとか炊き出しができよう」

と幹次郎は言い切った。

五十間道に普請中の吉原見番の稽古場にして芝居小屋の費えを八代目頭取四郎兵衛が老中松平定信から都合した金子から支払い、その上で切見世女郎を飢えさせない炊き出し代くらいなんとでもなると思った。

「神守様、炊き出しは羅生門河岸、浄念河岸の切見世女郎だけで済みましょうか」

「なにっ、五丁町も炊き出しをせねばならぬ事態になるというか」

と幹次郎が問い直した。

「元吉原以来の大籬は別にしましても、総半籬の妓楼の主たちは、切見世女郎の炊き出しを見て、早晩《そうばん》、『私どもも』と要求してきませぬか」

幹次郎はしばし返答を迷った。

「そうよのう、小見世の楼主の中には、そう要望してくる者もいるやもしれぬな」

「その折り、神守様はどうなされますか」

「うぅーむ、そうじゃのう。一部の総半籬より要請があれば断るわけにはいくまいな」

「一部で済むとお思いですか、神守様」

澄乃の追及に迷った、困惑した。

眼前で仲間の小見世が炊き出しを受けたとしたら、当然「こちらにも」という声が広がりを見せると思った。

「どうせよと言うのだ、澄乃」

「その答えは吉原会所の八代目頭取四郎兵衛様と裏同心の神守幹次郎様の決断、胸の内にかかっております」

長い沈黙のあと、

「いかにも、そなたに切見世相手の炊き出しの費えをできるかぎり減ずる方策を考えよと非人小屋に向かわせたのはこの神守幹次郎じゃ。そのほう、切見世の炊き出しが早晩、小見世の楼に広がると申すのか」

「抱えの遊女たちの食費が一文でも倹約《けんやく》できるとなれば総半籬の楼の主は乗りましょう。となると五丁町の中見世の一部までもが吉原会所に願うことも視野に入れねばなりますまい。そうなれば会所の負担は切見世での炊き出しで強《し》いられる費えの何倍何十倍にも上がりましょうな」

「おい、澄乃、そなたにさようなことを言わせるために非人小屋に送ったのではないぞ。それがしにどうせよと申すか」

「ですが、切見世の女郎衆に炊き出しをなすということは、このご時世がよほどよい方向に急変しないかぎり、私が申した可能性があるということです。その覚悟がおありかと問うております」

「ううーむ」

と唸った幹次郎は、

「天下御免の遊里吉原じゅうで炊き出しをなすとして、ここ吉原が人々に与える桃源の夢が消えていかぬか」

「炊き出しの恩恵を被《こうむ》るのが五丁町の一部としても、元吉原以来、江戸の遊び人が抱いてきた吉原への幻想は消えてなくなります。十八大通《じゅうはちだいつう》様がたが小判を座敷にまき散らしたとは反対の吉原が五丁町で見られることも考えられる」

吉原会所の陰の者、裏同心ふたりの間に重苦しい沈黙が続いた。

口を開いたのは澄乃だった。

「このことを私に考えさせたのはそなた様が私を送り込んだ非人小屋の暮らしでした。神守様、この覚悟を持っていなければ切見世の炊き出しも安易になしてはなりませぬ」

ふたりが険しい問答をなす天女池にだれもが姿を見せようとはしなかった。いや、見せたのだが、男女ふたりの裏同心の醸し出す厳しい対立に遠慮して入ってこようとはしなかったのだ。

「神守幹次郎様、報告致します。切見世の炊き出しの費えには、一文の銭も使ってはなりませぬ」

「それでできると申すか」

「それしか最前申した炊き出しの五丁町への広がりを防ぐ道はありません」

「さような方策があるとは思えぬが」

との幹次郎の言葉に、

「偶さかこの未明、火の番小屋の新之助さんに会い、身だしなみを整えて神守様に会えと忠言されました。蜘蛛道の店仕舞いした湯屋をお借りして湯に浸かり、汚れを落として新之助さんが柘榴の家から持ってきた衣類に着替えて、こうして神守様に会っております。この身がわずかひと月の代償にございます」

と言った澄乃がくるりと背を幹次郎に向けて、衣類の背を尻まで落とした。

「な、なにをする」

と言いかけた幹次郎は、幼い折りから父親の手ほどきで武術を鍛え上げられた体とは一変し、見るも無残な痩せこけた骨だらけの背中を見た。

「これが非人小屋の暮らしにございます。食するものがあるなれば三度の、いやほぼ二度か一度の食いものをあるだけ口にし、善七親方支配下の方々に知られぬように吐き、その吐いたものを口に戻す暮らしでございました。

そのお蔭で私、吉原の切見世の炊き出しの費えを無銭《むせん》で行う方法を教えていただきました」

澄乃がゆっくりと痩せこけた背を衣に包んだ。

この日、いちばん長い無言の時が過ぎていった。

「嶋村澄乃、よう耐えた。こんどはそれがしが、そなたが無銭で拵えた食いものを食する番だ。それでよいか」

「はい」

と短くも明瞭に澄乃が返答をなした。

四

吉原会所八代目頭取四郎兵衛に伴なわれた澄乃は、まず日本橋川左岸の魚河岸を訪ねた。

この日会ったのは、一日千両の売り上げを誇る魚河岸の旦那衆、五人組と称される幹部連の中でも筆頭重役《おもやく》、節目節目の祝いごとの際に鯛《たい》を独占的に公儀に納める鯛屋七代目主五左衛門《いさえもん》だった。

「おや、八代目、どうなさいましたな」

「いえ、日ごろからお世話になりながら、吉原会所を率いることになった四郎兵衛、魚河岸の旦那衆にきちんとした挨拶が遅れておって申し訳ないことでございました」

とまず詫びて頭を下げた。

むろん澄乃も真似た。

「おやおや、吉原会所と魚河岸は長年の付き合いですぞ、さような儀式めいた挨拶は要りますまい」

と応じた五左衛門だが、四郎兵衛がえた頭の浅草弾左衛門や非人頭の車善七に挨拶していることを承知していた。だが、そのことをおくびにも見せなかった。

「まあ、私どもは吉原会所の神守幹次郎様とはしばしばお会いして付き合いをさせてもろうてます。むろん神守様からは八代目頭取就任前に挨拶をお受けしておりますでな、一人二役のおひとりからの挨拶は四郎兵衛様の挨拶に同じですな。四郎兵衛様」

と五左衛門が言い添えた。

「恐縮至極《しごく》です」

と応じた四郎兵衛に、

「本日はなんぞ御用ですかな」

「はい、お願いの筋がございまして罷《まか》り越しました」

「なんでしょう。私どもにできることですかな」

「むろん筆頭重役と五人組の皆様の合意さえ得られれば難しいことではございますまい」

「ほう、五人組の合意な。そちらさまの願いをお聞きしましょう」

と五左衛門が用件を問うた。

「向後ただで魚を頂戴したいという話です」

「それは五人組が承知したとしても難しい注文ですぞ。なんぞ格別な曰くがございますかな」

「は、はい。それというのも不況のご時世にあって先の大火事です。日本橋川の右岸を見れば未だ片づけ切れない焼野原が広がり、ぶすぶすと火が燻《くすぶ》っているところもありますな。吉原の客の入りは私が御免色里に関わりを持ちまして以来、かつてあったことのない不入りです。江戸の大半がかような状態にあるとき、厚かましいお願いと重々承知です」

四郎兵衛の注文がなにか推察がつかぬようで五左衛門は熟慮する気配を見せた。

「鯛屋七代目、しばらく我慢して私の話を聞いてくだされ。

廓の中でも格別に不入りなのが局見世と呼ばれる羅生門河岸、浄念河岸の下級の見世にございましてな。この切見世では、大半の女郎衆が困窮し、明日のめしの費えさえなきことが分かりました。そこで吉原会所として一日二度の炊き出しをなすことを考えました」

長々と事情を述べる四郎兵衛に、

「ほう、炊き出しね。御免色里は五丁町の大籬ばかりではありませんでな。一ト切百文の女郎衆に炊き出し、悪い考えではありません。で、うちに魚を無銭でくれないかという掛け合いですかな」

と白けた顔に戻した鯛屋七代目が口を挟んだ。

「繰り返しになりますがいささか厚かましい願いです。鯛屋七代目、私どもが願うのはこちらで扱われる獲りたての膨大な魚そのものではございませんでな、それらの魚のあら、下魚《げざかな》の頭、三枚におろした骨の部分など売れない所を分けていただけないかとの願いです」

「ほう、あら、骨、下魚の頭ね」

と応じた五左衛門の表情が最前の白けた表情から微妙に変わった。

「この知恵、吉原会所の四郎兵衛様から出たものですかな」

「いえ、裏同心の神守幹次郎と同輩の女裏同心がもたらした考えにございます」

「ということは、うちに金にできぬあらの行き先がすでにあることを若い女裏同心どのは承知ですかな」

と五左衛門が澄乃を見ながら訊き、澄乃が頷いた。

「ほう、若いそなたの知恵ね」

四郎兵衛が澄乃を見て、無言で説明しなされと命じた。

「私は神守幹次郎の命に従っただけです」

「神守様の命に従ったとな」

「はい。私、非人小屋に入り、非人衆がどのような食事を賄い、食しておるか習得して参れとの命を受けました。ゆえに私、命のとおりにわずかひと月余りですが、車善七親方の配下の面々の暮らしを見聞して参りました」

「暮らしを見聞するとは食事づくりを見てきたということですかな」

「いいえ、非人衆の食いものの素材がどんなものであり、それらをどう調理して食事ができるか私自身手伝わせてもらいました。むろん調理した食いものを頂戴しました」

「えっ、非人の食いものを食ったと言われますかな」

「はい。神守から善七親方の支配する非人小屋の面々の暮らしを体験せよとの命でございましたゆえすべて非人衆と同じものを食しました」

しばし澄乃を見ていた五左衛門が、

「驚いた」

と漏らした。

「食いものの中でもこちらから出た魚のあらは格別なものでした。私が非人小屋を去る日、さるお方から魚河岸や大根河岸で出る品を昔から無銭で供されていることを教えられました」

「それで、吉原もその真似をしようと考えられましたかな、四郎兵衛様」

「澄乃が体を張って得た知恵です。私どももできることならばと思いましてございます、七代目」

「非人小屋のさるお方から教えられたということは、えた頭の浅草弾左衛門様や車善七親方が吉原会所による下級女郎への炊き出しに賛意を示して、自分たちが手に入れてきた食いものがどのようなもので、どのように調理するとよいのか、その仕来たりすべてをこの女人に教えたということですかな」

「はい、そう受け止めました」

澄乃を見ながら長いこと五左衛門は沈思していた。すると、四郎兵衛が、

「七代目、私どもはいつしか贅沢を覚えてしまっているのでしょうか。澄乃は非人小屋にわずかひと月ほどの暮らしにて痩せこけて帰ってきました」

「食いものが口に入らなかったのかな」

と五左衛門は非人たちの食いものを承知か、澄乃に質した。

「はい」

「当然ですな、あれは」

と言いかけた五左衛門に澄乃が、

「善七様の配下の方々と同じ食いものを口に入れ、当初は受け止め切れず吐きました」

「当然でしょうな、あの食いものは」

「私は吐いたものを手で摑み、喉に突っ込み、食することを覚えました。なんとか吐くことをせず食せるようになった折りにこちらのことを教えられたのでございます」

「な、なんと、あの非人小屋で、三度三度ひと月もの間、若い娘が食してきた」

と五左衛門が驚愕の顔で澄乃を見た。

「私、貧乏浪人の娘です。幼い折りから貧しき食事には慣れておると承知していました。ですが、下には下があることを非人小屋で教えられました。最前、四郎兵衛が申しましたが、私どもはいつしか贅沢に慣れて、身分不相応な金のかかった食事を当たり前と思うてきたようです。

五左衛門様、これを機会に、局見世の食事だけではなくて、私自らの食いものを見直しとうございます」

と澄乃が言い切った。

幾たび目か、魚河岸の筆頭重役が長いこと沈思した。

「分かりました。うちで出る魚のあらなどを無銭でお分け致しましょう」

「おお、有難い」

四郎兵衛が頭を下げ、澄乃は板の間に額をつけて感謝した。そんな澄乃に、

「澄乃さんや、最前の言葉に反するようですが、なんでも無銭はよくございません。互いができることでお返しする。そなた、うちになんぞ返すことができますかな」

「五左衛門様に申し上げます。私がこちらにお返しできるとすれば、吉原会所の女裏同心の未熟な体験と技量でしょうか。なんぞ魚河岸に難儀がかかり、密かにけりをつけねばならぬことが生じた折りには私の命に代えても難儀に立ち向かわせてもらいます」

「ほう、吉原会所の女裏同心が魚のあらの代わりに、己の命を懸けて戦うと申されますか。よろしい、受けました」

と五左衛門が言い切った。

この日、四郎兵衛と澄乃は大根河岸に回り、魚河岸と同じような願いを伝えた。

むろんここでも無銭で売り物にならない野菜を吉原に供することに直ぐには賛意は示されなかった。が、同じように険しい問答の末に八百屋《やおや》に卸《おろ》せないくず野菜を局見世の炊き出し以外に使わぬということを条件になんとか賛意を得た。

大根河岸から吉原への帰り道、

「澄乃、そなたに大変な役を負わせたな」

と四郎兵衛が言った。

「いえ、炊き出しが形になるならば、かようなことは大したことではありますまい」

「いや、魚河岸も大根河岸もわれらが考える以上の大商いを続けてきたのだ。さような商いの背後で幾たびも難儀に見舞われてきたはずだ。そなたの同輩の裏同心神守幹次郎にもこたびのそなたの役目の助勢をなすように願っておく。よいな、独りで立ち向かってはならぬ。魚河岸や大根河岸から難題を始末してくれと命じられた折りは、神守幹次郎に必ず相談せよ」

と一人二役の四郎兵衛が命じ、澄乃もそれを受けた。

神守幹次郎が大門を潜った折り、面番所から村崎季光隠密廻り同心が姿を見せ

て、

「出仕《しゅっし》が遅いではないか」

と文句をつけた。

「いささか表での用事がございましてな」

「ふーむ、四郎兵衛の姿も見ておらぬな。そのほうら御免色里吉原の務めを疎《おろそ》かにしておらぬか」

「いえ、廓内の仕事で四郎兵衛もそれがしも多忙でございましてな」

「多忙な」

と無精ひげの生えた顎に懐手を当てた村崎同心が、

「そのほうの同輩、女裏同心の姿、やはり見かけぬな。吉原会所の生え抜きの仙右衛門がカリカリと怒っておったわ」

「おお、それはいかんな。直ぐにも番方に会って表仕事の報告を致そうか」

「その前に吉原会所を仕切る面番所のわしに報告せよ」

「と、申されても、南町奉行所の敏腕同心どのに報告するほどの話ではありませんでな」

「そのほうらが廓の外で動き回る折りは、なんぞ画策していよう。なんだな、それともそのほうの同輩の澄乃に会えた折りに報告方を命じようか」

澄乃は四郎兵衛と魚河岸、大根河岸の幹部連と会ったあと、ひとり非人小屋に報告に行き、礼とともに報告をなしていた。かようなことを村崎同心に告げられるわけもなかった。

「いえ、村崎同心どの、われらの微々たる務め、そなたに報告するほどのものではござらぬ。ともあれ、それがし、四郎兵衛に会い、報告するのが先かと思います。ゆえにこれにて御免」

と言い切った幹次郎が吉原会所に向かおうとすると、

「ま、待て。神守幹次郎、そのほうに用事があるのだ」

と村崎同心が言い出した。

「村崎同心どのが用事な、直ぐに済みましょうかな。それがし、四郎兵衛に」

と言いかけると、

「四郎兵衛と神守幹次郎は一人二役ではないか。そのほうの微々たる務めより重要な話がある。そのほう、その足で数寄屋橋《すきやばし》御門に参れ」

「うーむ、数寄屋橋御門ですと、まさか南町奉行所から呼び出しではございますまいな」

「当たりじゃ、そのほう、わしに黙ってなにかやらかしたか」

と村崎同心が言い出した。

「いえ、なにも思い当たる節はございませんぞ」

「そのほう、定町廻り同心桑平市松とこそこそ画策しておらぬか」

「桑平様ですか、久しく会うておりませんな」

と幹次郎が言い切ると、

「まあ、こたびの用事はわしにも関わりがあるわ、承知じゃ」

「えっ、村崎同心どのにも関わりのある用事ですと」

「おお、例の慶長小判百両の一件よ。池田奉行の内《うち》与力からな、そのほうに至急の呼び出しであるわ」

「南町からの至急の呼び出しにも拘わらず、あれこれとそれがしに注文をつけられましたか。なんぞあの慶長小判のことが判明しましたかな」

「内与力からわしに神守幹次郎を早々に数寄屋橋御門に呼び出すよう命が届いておるのだ」

「村崎どの、ならばその話、余計な立ち話などせず真っ先にそれがしに告げるべきではございませんかな」

と幹次郎が注文をつけた。

「神守幹次郎、あの慶長小判、贋物ゆえ出所を厳しく探れという話であろうが。かような贋小判の一件は一文にもならぬ。つまりは急ぎの御用でもなかろう」

「そうでしたか、慶長小判は贋でしたか」

うむうむ、と頷いた村崎同心が、

「数寄屋橋御門の使いはそのほうに命じようとされておったが、留守をしておるでそれがしが代わって聞いてやったのだ。使者の口調はわしが捉えたかぎり、大して焦った調子ではなかったわ」

と言った。

「待ってくだされ。慶長小判が贋とはっきりと申したのですな。南町奉行所の使者は」

「おお、そのように申しておったな」

「南町からの使者は吉原会所の頭取に宛てた書状は持参しませんでしたかな」

「いや、頭取に宛てた書状などなかったのではないかな」

と曖昧な返答をした村崎に、

「使者はそれがし、神守幹次郎に数寄屋橋御門に参れとたしかに命じられたのですな」

「おお、そういうことだ」

「念押ししますぞ。四郎兵衛様に宛てた書状はなかった」

「神守、幾たびも念押しすることはないわ。ない、なかったな」

と村崎同心が相変わらずの返答を繰り返した。どことなく信じられないのは日ごろのいい加減な言動を思い出したゆえか。

幹次郎は大門の向こう側に佇む金次に、南町奉行所の呼び出しだと告げて、急ぎ五十間道を進んでいった。

「そのほうが吉原会所の裏同心神守幹次郎か、いささか、そのほうに内々の御用があってな。受けてくれぬか」

と御用部屋に招じられて面談した南町奉行池田の内与力岡田十介《おかだとおすけ》が幹次郎に言った。

「内々の御用とは、過日四郎兵衛がこちらにお届け申した慶長小判の一件でござるか」

内与力岡田が頷き、

「贋物にございましたか」

と幹次郎が質すと、

「いや、本物であった」

「おお、ようございましたな。こちらにお届けしてなんらかの役に立ちましたか」

「役に立ったかどうか。明白なことは吉原会所が厄介を南町に持ち込みおったということだ。ゆえにそのほうに極秘の任務を授ける」

「ちょっとお待ちくだされ。それがし、裏同心と呼ばれる吉原会所の陰の者でござる。町奉行所の御用であれば、こちらの隠密廻り同心村崎季光どのに命じてくだされ」

内与力岡田がじいっと幹次郎を凝視し、

「われら南北奉行所の両奉行に命じられ、両奉行所の内与力ふたり、この数日、隠密廻り同心村崎のことも、また吉原会所の裏同心そのほうの言動もとくと調べた。その結果、村崎は当てにならじ、『炊き出し代、些少也』との文言の慶長小判を調べるのはそのほうが最適任と判断致した。なにしろそなたに宛てられた小判だからな」

「それがしに慶長小判の出所を調べよと命じられますかな」

「あの慶長小判の出所ははっきりとしておる」

「ほう、本物の慶長小判の出所はどこですな」

「そのことを聞くとそのほう、この慶長小判と心中《しんじゅう》することになるがよいか」

「心中ですか、わけが分かりませんな」

「そのわけを聞くと調べから逃げられぬと申しておるのだ。どうするな、神守幹次郎」

「ううーむ」

と唸った。

「そなたの好奇心と探索力は並みではないわ。降りるか、どうするか」

と岡田内与力が幹次郎を凝視して迫り、

「小判の出所はどこですな」

と幹次郎が恐る恐る訊いた。

ふっふっふ、と忍び笑いをした池田の内与力が、

「池田奉行がお喜びになろうな」

と漏らし、

「城中御本丸《ごほんまる》の金蔵《かねぐら》から持ち出されたものだ」

「な、なんと」

「神守幹次郎、なぜ、なんの目的で城外に持ち出され、吉原会所の火の番小屋などに投げ込まれたか、調べよ。われらも城中からどうやってだれが持ち出したか調べる。そやつの狙いが公儀転覆《てんぷく》などと推量された折りは、その者がたとえ公儀重臣であっても口を防げ。かようなことはそなた、神守幹次郎にしかできんわ」

と南町奉行池田の内与力が言い切った。当然南北両奉行ないしはさらに上の、幕閣《ばつかく》の者が関わっての命だと、幹次郎は確信した。

第五章　居合抜勝負

一

（かようなことが真に起こったか）

と数寄屋橋からの帰り道に考えた。

だが、池田奉行の内与力一人《いちにん》が曖昧にも推量で話をなし、命ずるわけもないと幹次郎は思った。

（さてどうしたものか）

と迷った。探索にかけられる時はほとんどないと考えられた。

まず慶長小判が投げ込まれていた水道尻の火の番小屋から調べ直そうと思った。

だが、その前に面番所の隠密廻り同心村崎季光が大門前に待ち構えていた。

「おい、池田奉行の用事とはなんだったな」

「やはり例の慶長小判の一件にございました」

会ったのは池田の内与力だが、奉行当人と面談したというほうが村崎をたじろがせるにはよかろうと、池田奉行と面談したかのように匂わせる話をなした。

「慶長小判が贋だったことに池田様は拘られるか」

村崎同心は頭から慶長小判が贋金であったと信じているような口調だった。

「町奉行にとって本物の慶長小判と贋小判ではどちらが厄介でしょうな」

と曖昧に答えていた。

「贋慶長小判がさらに流通するというか」

「いえ、それは」

「大昔の慶長小判の贋金が数多流通することはないな」

「ありませんな」

「となれば南町奉行の指図はなんであったな」

「村崎どの、それがし、そなた様と異なり吉原会所の裏同心、陰の者にございますぞ。池田様からお指図などありません」

と幹次郎は内与力岡田十介から命じられたことを隠してそう答えた。

「ならば、そのほう、なぜ数寄屋橋御門に呼ばれたな」

「それです。慶長小判がなにゆえ火の番小屋に投げ込まれたか、曰くを知らぬかと改めて問い糺されました」

「そのほう、承知なのか」

「いえ、村崎どのもご存じのとおり、番太の新之助から一件がそれがしに告げられ、それを即座にそなたに相談しましたな。ゆえにそのように」

「わしの名を挙げて知恵を借り受けたと申したろうな」

「むろんですぞ。お奉行も同席された岡田内与力も、村崎同心は多忙の身ゆえそのほうを呼び出したと申されましたな。それがし、村崎同心どのの代理でございました。やはり日陰の裏同心と南町の隠密廻り同心とは扱いがえらく違いますな」

「そのほう、ようやく分かったか」

「はい、ゆえにこれより改めて火の番小屋の番太新之助と会って念のために経緯を確認して参ります。新しいことが出てくるとは思えませんがな」

「おお、あるまいな。万々が一、あった場合はわしに知らせよ」

「もちろんです」

と応じた幹次郎は仲之町を水道尻に向かって歩いていった。

閉じられた腰高《こしだか》障子の向こうから虚空を裂く、ぴゅっぴゅっ、という乾いた音がしてきた。

新之助が吹矢の稽古をしているのだ。

「神守じゃ、開けるぞ」

と声をかけて戸を引き開けると、吹矢を口にした新之助がこちらを見た。

幹次郎は的《まと》を見た。

何本かの矢が的の中央に集中して以前見たときよりも深く刺さっていた。また腕を上げたのだ。

「例の慶長小判はやはり贋金であったかえ」

「いや、本物だったな」

「へえ、本物ね」

と応じた新之助だが格別驚いた風もない。

「おれもさ、最前から吹矢の稽古をしながらだれがかような真似をしたか、思案していたのさ。それで思い出したのよ。おれが包みを見つけたとき、その腰高障子が少しばかり開いていたんだ。そちらをちらりと見たと思いねえ。

そのとき、仲之町を大門に向かうお店《たな》の小僧らしき者がこちらを覗いていたことを思い出したのさ。おれはすぐに包みに視線を戻したからすっかり忘れていたんだがね。あの小僧、慶長小判を包んだ布包みを投げ込んで、おれが番小屋に帰って包みを見つけるのを確かめていたんじゃないかと気づいたんだ。障子を閉じる折りには小僧は仲之町の素見の客に紛れていてもはや確かめられなかったな」

新之助もあれこれと熟慮したらしく頭の隅から記憶を捻り出していた。

「廓内の小店の小僧かのう」

「違うな、廓内の小僧はあんなお仕着せは着せられていないもの。ありゃな、土手八丁に土橋が架かっているな、見返り柳の向こう側に渡る橋だ。橋を渡った浅草元吉町の角にある老舗の酒屋の小僧だな。あそこの小僧が注文の品を届けに大門を潜ったかね。用事を済ませた小僧に細やかな頼みをした者がいた。それで利口な小僧は、ちゃんとできたかな、となんとなくだがよ、こちらの反応を窺っていたように思えたんだ」

「面白いな、調べる価値がありそうだ。だが、今はまずいな」

「どういうことだ」

「大門で面番所の村崎同心がこちらの動静を窺っているのだ」

「あやつな、なんでも絡みやがるからな。よし、おれが天女池に呼び出そうか。澄乃さんが待っているとかなんとか言ってよ」

「よし、願おう」

と話がつき、新之助が先に番小屋を出た。

浅草元吉町の酒屋灘《なだ》いちは、創業百三十六年の老舗だ。つまり明暦《めいれき》の大火の直後、元吉原のあった日本橋葺屋町《ふきやちょう》から廓とともに引っ越してきた酒屋だ。むろん葺屋町にある本店からの暖簾分けだ。

「すまぬ、ちと暇をくれぬか」

と願うと番頭らしき人物が、

「なんだえ、吉原会所の神守の旦那がさ、酒の注文ではないな」

「それがしの顔が割れておるか。ちと小僧さんに話が聞きたくてな。昨日、こちらの小僧さんのひとりが吉原の大門を潜らなかったかな」

「おお、小僧の金吉《かねきち》に七軒茶屋に注文の酒切手を届けさせたな。上客への贈り物かね」

「その小僧どのに会いたいのだがな」

「ほれ、表で箒《ほうき》を持って、ぼうっとしているのが金吉でさ。呼びますかえ」

「いや、立ち話で済む」

と幹次郎は金吉との問答に番頭を加わらせることを避けた。

「そうですかね。あいつ、今朝、めしを食ったことも忘れているような小僧ですよ。私が立ち会ったほうがよいと思うがね」

「いや、よい。それよりな、浅草寺寺中《じちゆう》の吉祥院《きつしよういん》にへばりついてあるわが家に樽酒《たるざけ》を届けてくれぬか。代金は小僧さんと話を終えたあと、払う」

といささか贅沢な散財をなした。むろん小僧とだけ話し合うためだ。

「柘榴の家に届けものか。下り酒だな」

「願おう」

金吉をしばらく借りる算段がついて、表に出た。

「金吉、番頭には断ってある、しばらく話を聞かせてくれぬか」

と願うと金吉が幹次郎の顔を見て、

「お侍さん、おれに用事ならなにがしか銭を払ってくれないか」

「そなたが昨日、お店の使いで廓に行った折り、別の客人に使いを頼まれたな、それでなにがしか小遣いを頂戴した」

「お侍さんよ、見ていたか」

「それがし、吉原会所の奉公人ゆえな、待合ノ辻から、ぼうっ、と見ておったのだ」

「そうか、会所のお侍か。それでもよ、頼みごとには小遣いが要るよな」

「ううーん、番頭に内緒でか、それとも許しを得た上でか」

「お侍さんよ、番頭さんの見えないところまでおれの手を引っ張っていかないか。番頭さんに知られたくないもの」

小僧の言葉を聞いた幹次郎が、いきなり手首を摑むと、

「大人をからかってはならぬ。それがし、吉原会所の関わりの者じゃぞ」

と言いながら、灘いちから離れた場所へと引きずる真似をした。

「お侍、もういいや。昨日は十文だったぞ」

「金吉、いいだろう。話を聞いて得心したらそれがしも十文払おう」

「なんだって、おれが信用できないというのか。いいか、大門を潜ったところに引手茶屋があるよな。廓の上客は引手茶屋に上がってよ、財布なんぞを預けてよ、馴染の廓に上がるのよ。黒のれんにさ、引手いさみと染めてある茶屋の客がよ、おれが道の反対側の七軒茶屋に届けものをしたのを見ていたかね、手招きしてよ、

『小僧、十文欲しくねえか』と言ったんだよ」

「ほうほう、そなた、しっかり者だな、番頭の見方とは違う」

「お侍、ばかか。番頭さんには抜け作のように思わせているほうが、奉公が楽なんだよ。その客がさ、おれに使い込んだ風呂敷に包まれた重いもんをよ、水道尻の火の番小屋に投げ込んできねえ、と十文くれたのよ」

「重い包みな、中はなんだと思ったな。いさみの客は中身について触れたか」

「おお、百両だって言ったぜ。たしかに重いがよ、重過ぎたな。あの客、おれに火の番小屋によ、百両なんて大金を投げ込ませるわけもないや。でいいち、番太に百両なんておかしいやな」

「おかしいな。で、そなた、十文もらって水道尻の番小屋に風呂敷包みを放り込んだか」

「おお、だが、番太はその折り、いなかったんだよ。そんでさ、しばらく見ているると片足の不じゆうな番太が戻ってきて、おれが放り込んだ包みに気づいたんでよ、おりゃ、大門へと戻っていったのさ。そしたらな、いさみの客もよ、おれがちゃんと番小屋に放り込んだかと、引手茶屋の二階から見ていたぜ。おりゃ、知らないふりして、お店に戻ったのよ。これで符節《ふせつ》が合うよな」

と金吉が手を出した。小僧はまさか百両が本物で、それが今は番太から目の前の神守幹次郎に渡っているとは夢想だにしていなかった。

「いいか、番頭に気づかれないようにな、昨日の十文もこの十文も見つかれば取り上げられるぞ」

「お侍さんよ、うちの番頭さんを騙すくらい朝飯前よ。だけどよ、うちの番頭さんの注意を引きつけてくれないか。その間にその十文も隠し場所に入れてくるからさ」

「いいだろう。番頭にはうちに酒を届けさせることになっておる。その代金を払いながらしばし問答をしていよう。それでいいな」

と財布から小銭を出して渡した。

引手茶屋いさみは、山口巴屋とは待合ノ辻を挟んで反対側にある茶屋だ。珍しく大門前には面番所の隠密廻り同心村崎季光の姿はなかった。

吉原会所の前に立つ金次に、

「村崎同心はどうかなされたかな」

「おお、それだ。昼間に五十間道の食いもの屋でな、鯖《さば》寿司を食ったとか、それがあたったってんで、厠《かわや》に幾たびも通っていたが、今は店に掛け合いに行っておるわ。鯖寿司の代金と見舞い金をふんだくってくると青い面で出ていったのさ」

「ふーん、あの旦那が鯖寿司にあたるな、不思議なことがあるものだ」

「鯖寿司かどうか知らないが儲け口ってんで、厠に出入りする間に見舞い金を交渉している最中だよ」

「それはそれは、お気の毒に。それがし、御用の筋で引手茶屋のいさみを訪ねる。さほど時間はかかるまい」

と金次に言い残した幹次郎はあまり馴染のない引手茶屋いさみの暖簾を潜った。

「おや、うちに会所の裏同心とは珍しゅうございますな」

「番頭どの、知恵を借りたいのだがな」

いさみの番頭の名はたしか正民《まさたみ》といったはずだがと思い出しながら願った。

「厄介ごとですか」

「こちらのお客の筋を漏らしていただけないかとね」

「神守の旦那、引手茶屋にとってそいつはいちばん厄介ですよ。まあ、そのお客人はどなたですね、一応訊きましょうか」

「姓名の儀《ぎ》も身分も知れぬ。昨日の昼間、こちらに上がり、二階座敷で暇を潰しておられた御仁だ」

「神守の旦那よ、面倒ごとか」

「いや、なんとも申せぬ。厄介ごとならば手を引く術《すべ》を承知しているつもりだ」

「そうだよな。おまえ様は吉原会所の裏同心の顔の他に八代目吉原会所の頭取四郎兵衛様の顔もお持ちだ。うちに迷惑をかけないと約定してくれるならば、身分くらいは話せるがね。約定できるかね」

「正民どの、海のものとも山のものともつかぬ話でな、最前申したようにこちら様の商いに差し障りがあるようならば、この一件忘れよう」

まるで武家方のような名を持つ番頭がしばし思案した。引手茶屋にとって馴染の客筋を漏らすのはご法度《はっと》だが、同時に吉原会所との兼ね合いで話すこともあった。

「独り言だよ、のちにあのとき、こう言ったああ言ったの揉めごとはなしだ」

「承知した」

「勘定奉行佐橋則武《さはしのりたけ》様、前職は京都町奉行職、幕閣につながりがある凄腕だがね、それ以上のことは独り言でも漏らせませんな」

「こちらとは長い付き合いですかな」

「親父様の代からね」

と言った正民が、

「話に聞いただけですがね、なにか持病がおありとか、酒はお召し上がりになりませんな。で、おまえ様が関心を寄せるのも分かるよ、剣術はなかなかの腕前とか」

と言い添えた。

「相分かり申した。番頭どの、約定は必ず守る」

と幹次郎は言い切ったが、勘定奉行たる佐橋則武がなぜ慶長小判、それも本物の百両を神守幹次郎に宛てて火の番小屋を通じて届けさせたか、全く想像がつかなかった。

(どうしたものか)

いさみを出た幹次郎は吉原会所には戻らず江戸町一丁目に曲がり、蜘蛛道に入り込んだ。

天女池には人影はなかった。

お六地蔵の傍らの老桜の下にある切株に腰を下ろした。

もはや
(勘定奉行の佐橋則武、それがしになにかさせようと図ってのことか)

あの百両を南北両奉行に差し出したのはいささか早計《そうけい》だったか。だが、もはや悔いてもどうしようもなかった。

しばし無益な考えに浸っていると遠助を連れた澄乃が姿を見せた。

「どうだな、少しは体調が戻ったか」

「いえ、そう容易くは衰えた体は戻りそうにありません。遠助の歩みに合わせてこちらにようよう辿りつきました」

「無理を命じたことを悔いておる」

「それはもうようございます。そのお蔭で炊き出しの目処が立ちました。綾香さん方が動いておられますゆえ私はもう働かなくともようございます」

「それはよかった」

と応じた幹次郎を澄乃が見た。

「汀女様からも麻様からも私の身を案ずる問い合わせがありました」

「皆に案じさせておる。しばらく会所の中で体を休めておれ」

「番方にも柴田相庵先生に体を診《み》てもらえと言われました」

もはや幹次郎は澄乃に応じる言葉を持たなかった。

「神守様、新たな厄介が生じたようでございますね」

「厄介か、ないわけではない。だが、そなたはしばし会所で留守番をして体の回復を待ってくれぬか。そうしてくれ、頼む」

「いえ、吉原会所では体も心も休まりませぬ。できることならば柘榴の家で、麻様やおあきさんといっしょに過ごせませぬか」

「おお、それはよい。そうしてくれるか」

「はい」

と応じた澄乃がしばし沈黙していたが、

「神守様、考えることならばできます。なんぞ調べものはございませんか。なにかやっていたほうが退屈せずに済みます」

澄乃は最初から幹次郎の手伝いをする気のようだった。

「ううーん、調べものか、ないことはない」

と言いながら澄乃に働かせることになるかと案じた。

「なんですね」

幹次郎はしばし考えた末に、

「公儀勘定奉行佐橋則武様がどのような御仁か、だれぞに調べさせることはできようか」

「柘榴の家で汀女先生や麻様と相談しながらやってみます」

と澄乃が答えた。

「柘榴の家の外での調べは、身代《みが》わりの左吉《さきち》どのに願うておく。柘榴の家に訪ねさせるでな、澄乃、そなた、決して表に出て動いてはならんぞ」

と幹次郎が厳しく言い、慶長小判百両の一件を最初から話して聞かせた。

二

神守幹次郎からの新たな命を嶋村澄乃が受けたのは寛政五年晩冬のある日のことだ。

この年の七月二十三日に、突然松平定信が老中を解任された。

定信は老中首座と将軍家斉《いえなり》の補佐役とを兼任し、絶大な権力を有して、のちに、

「寛政の改革」

と呼ばれることになる六年余を率いてきたが、

「白河《しらかわ》の清きに魚のすみかねてもとの濁りの田沼《たぬま》こいしき」

との狂歌に象徴されるような曰くで両職を解かれた。

松平定信の改革の頓挫《とんざ》を受けて公儀の老中は次の五人となった。

松平伊豆守信明《いずのかみのぶあきら》、本多弾正大弼忠籌《ほんだだんじょうだいひつただかず》（老中格）、戸田采女正氏教《とだうねめのかみうじのり》、太田備中《おおたびっちゅうの》守資愛《かみすけよし》、そして、安藤対馬守信成《あんどうつしまのかみのぶなり》だ。先任老中は三河吉田《みかわよしだ》藩七万石藩主の松平信明、陸奥《むつ》泉《いずみ》藩二万石（就位に当たって五千石の加増）藩主の本多忠籌、美濃大《みのおお》垣《がき》藩十万石の戸田氏教、遠江掛川《とおとうみかけがわ》藩五万石の太田資愛、安藤は陸奥磐城平《いわきたいら》藩五万石の殿様で新任となった。

ちなみに老中職は将軍に直属し、政務を統轄《とうかつ》した幕府の常任最高職だ。加判之《かはんの》列《れつ》、宿老《しゅくろう》、執政《しっせい》とも称され、二万五千石以上の譜代大名から選ばれた。だが、巨大な権力を振るった松平定信の解任のあとの幕閣だ。五人の老中職は互いの動きを見合って、長年の不況を改革しようという積極的な姿勢は見せなかった。

そんな最中、公儀の金蔵にあったはずの慶長小判百両がなぜか勘定奉行佐橋則武を通じて神守幹次郎に届けられたのだ。そんな曰くありげな慶長小判の始末を幹次郎は、面番所の村崎隠密廻り同心に相談したが、村崎の小判百両を猫ばばする話にうんざりして、村崎の上役である南町奉行池田長恵と北町奉行小田切直年に早々に届け出た。

澄乃は幹次郎からかような経緯を聞き、小判をもたらしたのは勘定奉行佐橋一人の企てではあるまいという幹次郎の考えに従い、五人の老中職を下調べすることにした。とは申せ、老中は二万五千石以上の譜代大名だ。そんな殿様を吉原会所の女裏同心が調べるなど土台無理な話だ。どうすればよいのか。

澄乃は汀女と加門麻に、

「勘定奉行佐橋則武を承知ですか」

と訊いてみたが、全く知らぬとの返事だった。となると身代わりの左吉が頼みだ。だが、身代わりの左吉も幹次郎不在の、女ばかりの柘榴の家に訪《おとな》いをしたことはないという。幹次郎が願ってくれたはずだが、すぐ来てくれるだろうか。

(どうしたものか)

と迷った末に柘榴の家の裏口からそっと抜けて浅草寺を訪れ、本堂で合掌して、

(身代わりの左吉さんに会うにはどうすればよいか)

と願った。

背に人の気配を感じて振り向くと身代わりの左吉が立っていて、澄乃にこくりと頷いた。おそらく幹次郎の命を受けてのことと思われた。

澄乃はどこで会ったものかと考え、前に何度か訪れたことのある境内の茶店にひとり先行して訪れた。茶店の女衆は澄乃のことを覚えていて、

「おや、待ち合わせかしら」

「はい」

とだけ答えると毛氈《もうせん》が敷かれた腰掛に案内した。

「ふたつ、甘いものとお茶をお願い」

と頼んだ。

女衆が頷いて手早く注文の品を届けて店の中に消えた頃合い、身代わりの左吉が姿を見せた。左吉と澄乃が昵懇ということを店の女衆に知らせるべきではないと思ったのだ。

「左吉さんが甘いものをお食べになるかどうか存じませんが、勝手に頼みました」

「結構」

と短く答えた左吉が澄乃を正視した。

非人小屋での暮らしで痩せた澄乃の体は未だもとへ戻っていなかった。知ってか知らずか、そのことに触れることなく勘定奉行佐橋則武の人物が知りたいと左

吉に願った。

「勘定奉行な、わっしには縁なき御仁だな」

と言う左吉に澄乃が知りうるかぎりの佐橋の履歴《りれき》と所業を告げた。話が終わっても左吉はなにも言わなかった。

茶碗を手に無言の左吉に、

「私、勘定奉行が公儀の金蔵に出入りできるかどうかさえ知りません。なんとなくですが、佐橋勘定奉行の上役が一枚嚙んでおるかと考えました。これがただ今の老中職の五人でございます。ひょっとしたら佐橋様がこの五人のおひとりと昵懇の付き合いがあるのではないかと、勝手に考えました」

と澄乃が老中の名を記した紙片を毛氈の上に置いた。

茶碗を置いた左吉の手がすいっと伸びて掌に紙片を摑んだ。

「この一件、おめえさんにもわっしにも普段の探索とはえらい違いだ。なんぞ摑めるかどうか、どれほど日にちがかかるか知れねえ。当たりがつけば柘榴の家にすぐにも投げ文を入れておく」

と言った左吉が、

「馳走になったな、わっしのぶんの甘いものはおまえさんが食してくんな」

と言い残して姿を消した。

間合いを見て女衆が姿を見せた。

「すみませんが、手をつけなかった甘味に新たに四つほど足して包んでくれませんか」

と願った。

「神守の旦那は多忙かね、近ごろ姿を見せられないよ」

「はい、あれこれとございまして」

と澄乃は言うと卓の上に茶代を二朱置いた。

「多いわよ、一朱で十分」

と女衆が一朱を膝のほうへ押し戻した。

澄乃は茶店を出て、脇門の随身門から柘榴の家の裏口へ、浅草田圃と奥山の間を延びる道を甘味の包みを抱えて向かった。

その瞬間、殺気を感じた。

真っ昼間だ、なんとも大胆な所業だ。

手にした甘味の包みが邪魔になった。だが、捨てる気はさらさらなかった。

(どうすればよいか)

一瞬迷ったとき、背中に、

「エイホエイホ」

と駕籠《かご》舁《か》きの声がして澄乃の傍らを、

「御免なされ」

と駆け抜けていこうとした。

澄乃は客の乗った駕籠に合わせて足を速めた。

「姉さん、急ぎかい」

と駕籠の後棒が声をかけてきて殺気が消えた。

柘榴の家にはなんと柴田相庵医師と番方のおかみさんのお芳が澄乃の帰りを待っていた。

「澄乃さん、どこへ行っていたの。皆さん、心配していたのよ」

とおあきが言った。

「ごめんなさい。私、浅草寺にお参りに行っていたの。これ、甘いもの」

とおあきに渡した。

「相庵先生、お芳さん、どこかへ往診ですか」

柴田相庵が己を凝視する眼差しを避けながら訊いた。

「亭主に言われて澄乃さんの体調を診に来たのよ」

お芳は番方の仙右衛門に命じられてのことだと告げた。

「えっ、私のためにおふたりがお出《い》でになったの。私なら大丈夫です、少し痩せたけど」

「少しどころじゃないわよ」

お芳の言葉は険しかった。それだけ澄乃の身を案じていた。相庵は無言のまま、澄乃の立ち居振る舞いを見ていたが、

「甘いものに目が行くようならばわれらが案ずることもあるまい。よいか、澄乃さんや、こちらに厄介になってな、三度三度きちんと食しなされ。それと睡眠をしっかりと取りなされ。ひと月くらいはかかろうがそなたのことだ、元の体に戻ろう」

と言った。そんな相庵の言葉を聞いたおあきが、

「澄乃さん、この甘いもの、皆さんにお出ししていいのね」

「六つあるわ。食べましょ食べましょ」

と澄乃が殊更《ことさら》明るい口調で言い、

「柴田先生、お芳さん、ご心配をおかけしました。澄乃さんに御用を命じたのはこの家の主です。姉上に強く注意してもらいます」

汀女がいない柘榴の家では女衆の長の加門麻が言った。

「いえ、麻様、つい私が頑張り過ぎたのです」

「非人小屋でひと月過ごすなど、並みの者にはできまい。どのような暮らしか、わしには想像もできんが、吉原会所の裏同心ふたりはいささか頑張り過ぎよのう。よいか、澄乃さん、己の体とは申せ、さように酷使《こくし》してよいわけはない。一人二役のかたわれ、神守幹次郎を真似てはならんぞ」

と相庵が言い、澄乃が幾たびも頷いた。

粒あんの饅頭《まんじゆう》とお茶が出て、主夫婦のいない柘榴の家で談笑をして時を過ごした。


なんと身代わりの左吉から次の日の昼間に投げ文があった。その折り、幹次郎がいたので澄乃がそのことを告げると、

「それがしも左吉どのに会おう」

とふたりして浅草寺境内の茶店に行った。

「おお、神守の旦那もいっしょかえ、それは都合がいいや。勘定奉行佐橋則武を操っているのは美濃大垣藩藩主の老中戸田氏教様だと思うな。都合のいいことに、わっしの知り合いが戸田家に出入りしていてな、奉公人のひとりとして屋敷に潜り込んで密かに調べたことゆえ、たしかなことではないかもしれん」

「戸田老中の命で勘定奉行の佐橋が公儀の金蔵から例の慶長小判を持ち出し、『炊き出し代、些少也』の文言を添えて、それがしへ渡るようにしたと推量したか」

と幹次郎が質した。

「まあ、そんなところですな。ところが神守様は面番所の村崎同心にこのことを相談し、南町奉行の池田様に早々に届けてしまった。戸田老中、佐橋勘定奉行にとってこれは予測もしなかったことだったらしく、企てが頓挫してしまったのだ」

「企てとはどのようなことと思うかな、左吉どの」

「その辺りは未だ調べ切れてねえ。だが、吉原会所の八代目頭取四郎兵衛と裏同心のおまえ様は一人二役だな。戸田老中としては慶長小判を使って吉原会所を潰すか、乗っ取ろうとしているのではないかのう。なにしろ公儀の金蔵にあった慶長小判百両が吉原会所の金蔵から見つかれば、ただ今の会所を潰すなど容易いことであろう。ところが神守の旦那は早々に南町奉行に届けてしまった。これで企てが潰れたということにならぬか」

と左吉が言い切り、しばし幹次郎が思案して、

「大方そんなところかもしれんな」

と賛意を示した。

「ということは、神守の旦那よ、おまえ様の判断が戸田老中と佐橋勘定奉行の企てを阻止《そし》したということだ。手柄ですぜ」

「とは申せ、相手はこれで諦めるとも思えぬ」

神守幹次郎と身代わりの左吉の問答の間、澄乃は、猪谷流居合術の達人向来重五郎のことを考えていた。

澄乃も幹次郎も、猪狩の勘蔵の刺客として一度は澄乃と対決した向来重五郎は、決して澄乃の奇襲を許しておらぬと承知していた。

澄乃は自ら再戦に臨む心算だった。だが、もはや猪狩の勘蔵の用心棒を辞したと思える向来重五郎が澄乃の前に立つ折りは一剣術家としてだ、と思った。

となると吉原会所の裏同心の務めで立ち合うのとはいささか異なる。相手の動

機が剣術家の意地である以上、向来との勝負は、澄乃の上役たる神守幹次郎が相手を務めると澄乃に申し渡していた。

澄乃も渋々承知していた。

尋常勝負ならば向来重五郎の技量が断然上であることを、そして、その結果は生死に関わるものになることを覚悟していた。だが、女裏同心として吉原会所の務めをいささかなりとも果たしてきた澄乃にも矜持《きようじ》があった。

死を賭《と》して戦うことに女剣術家として拘りがあった。

こたびの一件、幹次郎は澄乃が戦うことを許していなかった。よしんば向来に澄乃が勝ちを得たとしても、もはや神守幹次郎の下では奉公できないことを承知していた。

(どうしたものか)

未だ決心がつかなかった。

「神守の旦那よ、勘定奉行佐橋を戸田老中の下《しも》屋敷に呼び出すかえ、危急《ききゆう》の場合、夜中に下谷金杉町《かなすぎちよう》の下屋敷に呼び出しているのよ。おりゃ、戸田の殿様の筆跡《て》は分かっておるのだ」

もはやのんびりしている暇はない、贋文で呼び出すと左吉が言っていた。しば

し沈思した幹次郎が、

「願おう」

と了解した。


神守幹次郎と澄乃、ふたりの吉原会所の裏同心の策略によって、日光《にっこう》街道西側にある下谷金杉町の老中戸田家の下屋敷に勘定奉行の佐橋則武が呼び出された。

下屋敷は、借地を含めて一万七千坪余と広かった。敷地の中にはふたつの湧水《ゆうすい》池《ち》があり、下屋敷の東側にある裏口のひとつより屋敷に入ると知らされていた。

用心深い佐橋勘定奉行は乗物を鷭御場《ばんごば》前に待たせ、家来数人だけで徒歩で裏口に向かうという。

幹次郎と澄乃は、四つ半時分から正燈寺の暗がりで待ち受けた。だが、九つ半になっても佐橋勘定奉行の乗物は姿を見せなかった。

「用心深いのう、今宵はダメかのう」

と幹次郎が思わず漏らしたとき、警護の家臣数人に囲ませた佐橋勘定奉行の乗物と思しき一行が姿を見せた。未明の八つ（午前二時）に近い刻限に寺町と武家地が混在する界隈に乗物が姿を見せるなど滅多になかろう。乗物から降り立った人物を見た澄乃が潜み声で応じた。

「佐橋奉行ですね。左肩が奇妙に下がっていると左吉さんにお聞きしました」

ふたりの警護方を従えた佐橋奉行が裏口近くに潜むふたりの前へと歩いてきた。

澄乃が驚きの声を漏らした。

「なんと警護方のひとりは猪狩の勘蔵の用心棒を務めていた向来重五郎です。あの体つきと歩き方は間違いありません」

「ほう、用心棒稼業を辞め切れなかったか」

「あるいは最初から佐橋勘定奉行の警護方であったかもしれません」

(どうしたものか)

幹次郎は迷った。

この場を逃し、佐橋奉行が戸田老中と会おうと試みれば、直ぐに贋の文で呼び出されたことが判明する。

「よし」

と決心した幹次郎が言い、

「それがしが向来重五郎と対決する。そなた、佐橋奉行ともうひとりの警護方を阻止してくれぬか。佐橋の流儀は分からぬが剣術の達人だそうだ。油断するでない」

一瞬の間があって、

「畏《かしこ》まりました」

との澄乃の返答が戻ってきた。

幹次郎にはこの場の戦いがどう向後の展開に影響するか判断がつかなかった。が、もはや戦うしかないと思った。

幹次郎ひとり、つかつかと佐橋則武勘定奉行一行に歩み寄っていった。

向来重五郎が片手で佐橋を止めた。

「何者か」

「吉原会所の裏同心神守幹次郎と見ました」

「ほう、一人二役のかたわれが何用かのう」

佐橋は幹次郎ではなく向来に尋ねていた。その様子から急に付き合いが始まったというより、それなりの信頼関係があると予測された。

「と、わが主が問うておられる、神守幹次郎」

「そなたの主、勘定奉行の佐橋則武どのと老中戸田氏教様の関わりが知りとうて罷り越しました」

「わが主と老中戸田様の関わりが知りたいか」

「いかにも」

「断る」

「こちらもいささか追いつめられておりましてな」

「神守幹次郎、そのほうとそれがし、猪谷流居合術で生き死にを懸けた勝負にな
る。とは申せ、わがほうには警護方と佐橋様もおられる。三対一の勝負になる
な」

無言でもうひとりの警護方が幹次郎の前に出てきた。

その動きを見た澄乃が一同の前に姿を現した。

ちらり、と澄乃を見た向来に、

「向来重五郎様、そなた様との勝負、わが上役の神守幹次郎が私に代わっての勝
負となります。もうおひと方と勘定奉行様を止めるのが、神守の配下、女裏同心
嶋村澄乃の務めにございます」

と乾いた声音で宣告した。

「なんとわれら、贋文でかような場所に呼び出されたか」

と佐橋則武が吐き捨てた。

三

澄乃が佐橋則武ともうひとりの警護方の前に立った。警護方は若く、身丈《みたけ》もあり四肢もしっかりしていて十分な稽古を積んでいると思えた。佐橋は悠然たる動きで若い警護方の背後に詰めていた。

幹次郎は三人から少し離れた場所で向来重五郎と向き合った。

両人とも自らの戦いを忘れて三人の対決の模様を見ていた。

幹次郎は、向来重五郎が鉄輪を先端につけた麻縄を振るう澄乃の隠し技を、若い警護方に告げているかどうかを思案した。警護方両人の関わりが分からなかったが、用心棒を引き受けるような向来重五郎は若い同輩に話していないとみた。用心棒は仲間が何人いようと個人技を売りにしていたからだ。

澄乃と、若い警護方と佐橋両人の間には一間半（約二・七メートル）あった。

剣の柄に手を掛けた警護方より飛び道具の麻縄の間合いだ。

若い警護方が豪剣をゆったりと抜き、正眼に構えた。

澄乃も背に差した小太刀を抜いて左手に持ち替えた。

「ほう、小太刀を使いおるか」

と相手が漏らし、間合いを詰めようとした。

そのとき、向来がなにか言いかけた。それを見た幹次郎が澄乃に、

「考えるな。動け」

と声をかけた。

その声を聞いたのは澄乃ではなかった。

警護方が正の構えを突きの構えに移した。

「ああ」

と向来がうめき声を上げた。

澄乃の左手の小太刀がひょいと警護方の前に投げられ、ぽとりと落ちた。

「うむ」

小太刀が自分の前に捨てられたとき、相手は訝しげな声を漏らし、小太刀をちらりと見た。

その瞬間、澄乃の右手が帯の下に隠された麻縄の一端を捉《とら》まえ、大きく弧を描かせた。腰の周りにあった麻縄が虚空に伸びて、一気に一間半の間合いを縮めて鉄輪が相手の鬢《びん》を襲った。

ごつん

という鈍い音とともに若い警護方の体が背後に吹き飛んだ。

佐橋が飛んできた警護方の体を避けようと身をずらした。その間に澄乃の麻縄が引き寄せられて次の構えに入った。

佐橋と澄乃が見合った。

澄乃は佐橋が警護方とぶつかることを避けた隙に、麻縄を攻めの構えに戻すと同時に最前自ら捨てた小太刀の前に移動していた。

対決するふたりの動きを見た向来重五郎が猪谷流居合術の構えを取りながら、幹次郎に問いかけた。

「そのほう、居合術を使うそうな」

「旅先にて覚えし眼志流居合」

と応じた幹次郎はするすると間合いを空けた。

「わが猪谷流居合相手に間合いを空けたとて有利にはならぬ」

と言いながら向来が幹次郎へと間合いを詰めた。すると幹次郎は新たに間合いを空けた。

「どうする気だ、勝負を延ばしたところでなにも益はないわ」

との向来の声に澄乃が、

「勘定奉行佐橋則武どの、参ります」

と自分たちの戦いを先行すると対峙《たいじ》する両人に告げた。

「おお、小賢《こざか》しい技を使いよるか。さような技は二度と利かぬ」

と佐橋が言い切った。

「お試しなさるか」

「よかろう」

澄乃が両手に持った麻縄の先端、鉄輪の嵌ったところから二尺（約六十一センチ）ほどのところを右手に掴み、ぐるぐると回し始めた。

佐橋は麻縄の動きを注視しながら間合いを詰めつつ、左手を離すと右手一本の片手正眼に構え直した。

鉄輪が回転して佐橋の攻めを封じようとした。

「参る」

と声を上げた佐橋が間合いを詰めつつ左手で脇差《わきざし》を巧妙にも引き抜き、二刀流に構え直した。

その動きには構わず澄乃は麻縄を操ることに専念しようとした。

互いが二刀流の構えと麻縄の動きを続けながら見合った。

静と動。

どちらも最後の攻めが出し切れなかった。

睨み合いが続いた。

時が経った。

動いたのは澄乃だ。

右手で回す麻縄の鉄輪を、なんと虚空高くに投げ上げた。密かに稽古を積んできた麻縄術の新手《あらて》だ。ただし熟練とまでには至っていなかった。

一瞬、佐橋則武が虚空高く飛ぶ麻縄の先端、鉄輪を見た。女裏同心は得意の麻縄を放棄した、と佐橋は思った。

澄乃の足先が小太刀の柄下に踏み込んだ。

佐橋は地面から蹴り上げられて、垂直に飛び上がった小太刀に虚空の鉄輪から注意を移した。

澄乃の眼前に小太刀が浮き上がってきた。

佐橋が左手の脇差で小太刀を叩き落とそうとした。

次の瞬間、澄乃の右手が虚空にある鉄輪の嵌った麻縄の端を摑み、鋭く下方へと引いていた。

佐橋の脇差が小太刀の動きを止めたのと虚空から落下してきた鉄輪が佐橋の脳天に叩きつけられたのが同時だった。

ぎゃああっ

と絶叫が響き渡った。

重い沈黙が戦いの場を支配した。

二手に分かれた三人のうち、ふたりが澄乃に斃されていた。

「あれこれと隠し技やら小技を使いおるわ」

と平静な声音で向来が漏らした。

「朋輩のそのほうもあれこれと小技をお持ちか」

「われら、猪谷流居合術と眼志流居合術での勝負にござろう。最前の三人の戦いほど小技は利くまい。一瞬の勝負にござろう」

と幹次郎が最前間合いを空けた分、自らの居合術の間合いに戻す気配を見せた。

「そのほうの無益な動き、なんのためか見ようか」

「猪谷流居合との出合いは古うございますかな」

「四つの折り、父に基を教わった。ゆえに四十数年前か」

「居合術の他に向来どのには会得《えとく》した剣術があるとみました」

「お互いそれなりに長く生きておるのだ。そのほうも修行した剣術があろう」

「ございます。ただ今は、下谷の香取神道流の津島傳兵衛先生の道場に通い、体を動かしております」

「ほう、津島傳兵衛の門下な、ただの門弟《もんてい》とも思えぬ。師範を務めておるか」

「それがしに香取神道流の指導をなす力量はございませぬ。津島先生には、客分としてときに稽古に通うと許しを得ております」

「なんとなんと、吉原会所の裏同心どのは津島道場の客分を務め、指導しおるか」

「津島道場には数多高弟衆がおられます。それがし、指導など務められる技量などありませんでな」

と同じ言葉を繰り返した。

「津島傳兵衛がそのほうに客分格での道場の出入りを許しているとしたら、津島道場の高弟衆の経験したことのなき修羅場剣法を見せんがためか」

「向来どの、津島先生が修羅場剣法など道場で披露することを許されるはずもございませぬ。向来どののほうこそ、修羅場を潜り抜けた数多の経験がおありとお見受けしました」

「と、思うておったわ。だが、そのほうの妹分の裏同心のおかげで用心棒稼業を失う目に遭《お》うてな」

とあっさりと過日の勝負を負けと告白した向来が、

「そのほう、妹分の代わりにそれがしと立ち合うことを自らに強いたか」

「いかにもさよう。二度目の立ち合いにて嶋村澄乃が生き残ることはありますまい」

「吉原会所の裏同心なる用心棒格の先達が代わりを務めおるか」

「さような心優しき気持ちはございませんでな。それがし、向来重五郎どのの猪谷流居合を拝見しとうて、同輩に願い、かような対峙をなしております」

「眼志流居合であったな。われら、一瞬の勝負で決着がつくとも思えぬ」

と言い切った。

幹次郎も同じことを考えていた。あるいは互いが傷を負い、両人ともが武術家として生きてはいけぬことになるか、そんなことを思った。

だが、対決は避け得なかった。

「参ります」

ごくり、と澄乃が思わず息を呑む音がした。

向来重五郎も居合の構えに移した。

両人は一撃で勝負がつく間合いで構え合った。

澄乃は居合術の構えに剛と柔があることを見て取った。

向来重五郎の構えは鉄壁と思える剛であった。それに比べて神守幹次郎は永久なる静を思わせる柔の構えと、両人は対照的であった。

向来重五郎は不動の構えで息を吸い、吐いていた。その間合いは南蛮人の時計の正確なる刻みを連想させた。

一方、神守幹次郎の呼吸は感じられず、その場に在るかどうかも目を瞑れば知れぬほどだ。向来重五郎の吐息のみが聞こえてくると思えた。

永久の時間を思わせるほど長い時が経っていく。

夜明けが近いことを東空が教えてくれた。

ふうっ
と向来の息が吐かれた直後、幹次郎が踏み込んだ。

わずか半間（約九十一センチ）にも満たない間合いに神守幹次郎の刃が鞘走り、虚空で弧を描いた。

同時に剛直に向来の剣が抜かれてふたつの刃が触れ合った。と、その瞬間、両人はふたつの刃が真剣勝負でぶつかることを避けていた。

幹次郎は左から右へと刃を引き回しつつ、横手に身を避けていた。

向来もまたふたつの刃がかみ合うことを避けて、自らが振るう刃ともども横手に体を流していた。同時に流した刃を鋭く回して幹次郎の脇腹を襲おうと試みた。

一撃勝負の決着がつかぬまま、脇腹への攻撃を避けた幹次郎は、低い姿勢から立ち上がりながら前方へと奔っていた。

両人が居合術での決着をつけきれず、また五間（約九・一メートル）の間合いで向き合った。

この間合いを無意識裡に望んだのは幹次郎だ。

幹次郎の必殺の一撃を避けながら、向来重五郎が放った猪谷流の険しい攻めも相手方に届かなかった。

ふううっ

と深い息を吐くと、

「なんと猪谷流一の攻めが利かずや」

「眼志流流《なが》れ胴斬《どうぎ》り、及ばず」

と両人が漏らし、新たな構えに入った。

向来は抜いた豪剣を鞘に戻し、あくまで猪谷流抜刀術に拘った。

幹次郎は、五間の間合いの位置にて抜いた刀を八双《はっそう》より高く取り、薩摩の剣術でいう右蜻蛉《とんぼ》、腰を沈め、右足を前にして構えた。

ひゅっ
と息を吐いた向来重五郎に向かってすたすたと間合いを幹次郎は詰めていった。

向来の腰が沈み、ふたたび猪谷流の抜き打ちの構えをみせた。

四間（約七・三メートル）から三間、さらに二間へと間合いが沈んだ瞬間、間合いをさらに縮めるとみられた幹次郎は気配もなく虚空に身を浮かべていた。

向来重五郎の予想もしない行動だった。まさか間合いを詰める動きが虚空高く舞い上がる動きにつながるとは夢にも想像がつかなかった。が、そこは老練な剣者だ。

沈めた腰を上げながら虚空にある神守幹次郎との間合いを測った。

水平の間合いと垂直の間合いとは微妙に距離感が異なっていた。

一方、虚空にある幹次郎は不動の位置にある向来へ無心に落下していった。虚空にあって下半身は無防備だった。

不動の構えから間合いを測り、豪剣を抜く猪谷流居合への恐怖を忘れて、ただ落下していった。

澄乃は虚空にある幹次郎が足先を体に引きつけながら八双の剣を向来重五郎の脳天に叩きつけるのを見ていた。

下方から必殺の居合術が虚空に躍《おど》ったのを確かめた。

澄乃は息を止めていた。

瞑りそうな両目を必死で見開いた。

両人の攻めが虚空の一点で交錯《こうさく》した。

直後、二口の刃が相手の身に届いていた。

(ああー、相打ち)

と思った。

が、寸毫《すんごう》速く斬り下げた刃が向来重五郎の脳天に叩き込まれていた。振り下ろしと振り上げ、勢いが違った。

「うっ」

と伸び上がりかけた向来のがっしりした五体が硬直した。

幹次郎は向来の脳天に打ちつけた刃を力点に対戦者の背後に、くるりと前回転して地面に降り立った。

澄乃は幹次郎の手に血に濡れた刃があるのを見た。

両人の技量と澄乃のそれとは雲泥《うんでい》の差があることを悟らされていた。

幹次郎が刃の血を振るい落とし、鞘に納めると生者から死者に変わり果てた向来重五郎に合掌した。

（やはり独り生き残った猪狩の勘蔵は許せぬ。いつの日か必ず我孫子沢矢柄と弾左衛門の従兄弥一郎の仇《あだ》を討つ）

と幹次郎は決意した。

美濃大垣藩、老中戸田氏教の下屋敷が裏口の真剣勝負を聞きつけたか、騒がしくなった。

澄乃は幹次郎に歩み寄ると、

「神守様、退去すべきです」

と声をかけた。

合掌を解いた幹次郎が立ち上がり、無言で澄乃を見ると日光街道に急ぎ向かった。

澄乃は、己が戦い、幹次郎が生死を懸けて戦った武家地の裏道を振り返ってから、幹次郎に従った。

そのとき、朝の日の光が死者たちに差しかかった。

（事は終わったのか）

幹次郎は迷っていた。


数日後の朝、澄乃、綾香、金次に番太の新之助らは、羅生門河岸の一角で非人小屋から借りてきた大きな寸胴鍋で炊き出しをなしていた。

澄乃が非人小屋にひと月ほど逗留して学んだ炊き出しだった。汁の具は魚河岸から頂戴したあら、大根河岸からもらってきた萎《しな》びた野菜類だった。仲之町の七軒茶屋たちが寄贈してくれた塩、味噌、醤油で味つけし、胡椒などを加えて味を調《ととの》えた。そこに引手茶屋が提供してくれた残りめしを入れた雑炊《ぞうすい》が出来上がった。

「どうだ、澄乃さん、非人小屋のめしは澄乃さんしか知らねえよな。ひと口、味を見てくれないか」

と金次が願った。

頷いた澄乃がしゃくしで雑炊を少し掬い、食した。しばらく味を確かめていた

澄乃がにっこりと笑い、

「美味《おい》しゅうございます」

「非人小屋の食いものより美味しいかね」

と綾香が念押しした。

「比べようもありません。こちらは素材もよく葷辛《くんしん》類や胡椒などで味つけしてございます」

「澄乃さんよ、これで一食の費えはいくらかな」

と番太の新之助が質した。

「私の大雑把な計算で三文から五文ではありませんか。費えはすべて米代です」

「その値ならばなんとかやれぬことはないわね」

「廓内の残りめしを集めて使えば、米代をもっと節約できましょう」

「よし、まず神守幹次郎様に相談してみるか」

と一同が愁眉《しゅうび》を開いた。

その日から羅生門河岸と浄念河岸の切見世の女郎衆に一日二度の炊き出しが開始され、切見世の多くの面々に感謝されることになった。

四

御免色里の吉原はいつしか寛政六年（一七九四）の春を迎えていた。

羅生門河岸と浄念河岸に植えた桜の若木に何輪かの蕾《つぼみ》がついた。

この傍らで炊き出しをする切見世女郎や、手伝いの澄乃や金次、新之助らは、そのことに気づかなかったが、廓の暮らしが長い綾香が、

「あら、澄乃さんさ、皆の衆さ。見ましたかえ。桜に蕾がついていませんか」

と言い出し、

「あら、ほんとだ。若木に花が咲くということかしら」

と澄乃がしげしげと蕾を眺めて、

「たしかに蕾だぜ、十日もすれば花が咲かないか」

「咲くよ、咲きますよ。この傍らで毎日二度炊き出しをしてさ、人の声を聞くのがいいのかね。なんとも幼い若木に花が咲くよ」

と綾香が言い切った。

「綾香さんよ、桜は生きもんじゃねえや。耳はねえんだぜ、いくらなんだってお

れたちのおしゃべりは聞こえないぜ」

と金次が綾香の言葉に抗った。

「金公、物を知らないにもほどがあるよ。木だって生きものなんだよ。毎日ね、木の傍らで火をおこし、美味しいにおいを嗅がせているんだ。ときに私たちと触れ合うだろ。それが桜にとって刺激になるんだよ」

「へえ、そんなもんかね。桜の木がおれたちの話を聞いてよ、蕾を生じさせたってか。おりゃ、信じられないや」

「金次さん、綾香さんの考えに賛成よ。天女池の古木の桜もね、私たちが集まってわいわい騒ぐようになって花が急に華やかになったと思わない」

「思うぞ、おれたちがお六地蔵の前に拝礼したり、老桜の幹に触るようになったりしてさ、急に満開に花が咲くようになったたな」

と番太の新之助が澄乃の言葉に賛意を示した。

不意にワンワンと吠える声が浄念河岸に響いて、神守幹次郎と遠助が顔を見せた。

「神守様よ、桜に蕾が生じたよ」

と綾香が幹次郎に告げた。

「おお、それは吉兆《きっちょう》ではないか。もしや浄念河岸にも五丁町にも客が戻ってこないかのう」

と幹次郎が応じて蕾を近くで確かめ、

「蕾だのう、浄念河岸に春が来たぞ」

「神守様、大火事からそろそろ三月半を迎えます。焼失した江戸の町にトントンと普請の音がして賑わいが戻ってきました。この吉原にも必ずやお客様が姿を見せられます」

と澄乃が応じた。

「澄乃さん、切見世にも客が来るよね」

と切見世女郎の若子《わかこ》が話しかけた。

「若子さん、必ずやお馴染さんが戻って参られますよ」

「会所がさ、炊き出しをやるなんて言い出したとき、わたしゃ、信じてなかったのさ。だって客が来なきゃあ、会所だってどうにもならないやね。ところがさ、澄乃さんが非人小屋に身を落として炊き出しのやり方を覚えてきたろ、あれがこの炊き出しの始まりだったよね」

「若子さん、私、非人小屋に身を落としたんじゃありません。あれこれと教えてもらってここでこのようにして炊き出しができるようになったんです。今から考えれば塀の向こうは、寺子屋《てらこや》のような場所でした」

と言い切った。

「有難い話だよ、そうかえ。あちらは炊き出しを学ぶ寺子屋かえ」

綾香がふたりの問答に加わった。

「そういうことよ」

と澄乃が言い、幹次郎を見た。

「遠助を連れて浄念河岸に見廻りですか」

「まあ、見廻りかのう。いや、そなたらに話もないことはない」

「いい話でしょうね、悪い話はもはや十分でございますよ」

「いかにも大火事以来、険しい話や悲しい出来事ばかりでな、なんとも皆に苦労をかけてきた。こたびはいい話じゃな」

「そういえば四郎兵衛様がどこぞに呼ばれて行かれておりましたね」

とすっかり吉原会所の女衆になり切った綾香が口を挟んだ。

「おう、それじゃ、八代目が南町奉行所に呼ばれてな、いささかお誉《ほ》めにあずかってこられた」

「奉行所のお誉めね、言葉より銭がいいな」

と火の番小屋の新之助が直截《ちょくせつ》にも忌憚のない考えを口にした。

「新之助、そなたに関わる話よ。火の番小屋に放り込まれた『炊き出し代、些少也』の曰くつきの慶長小判百両についてな、南町奉行の池田長恵様より『いささか遅くなったが』とのお詫びの言葉とともにお返しになったのだ」

「えっ、慶長小判百両が吉原に戻ってきたってか」

「新之助、慶長小判ではない、ただ今流通しておる小判で包金四つ百両が下賜《かし》されたのだ」

幹次郎の言葉にその場にいた全員が、信じられないという顔を見合わせた。奉行所がいったん納めた金子を、それも慶長小判百両の代わりとして包金四つを戻してくるなど信じられないことだった。

「いや、それがしも夢想もしなかったことで驚いたわ」

「神守様、どういうことでしょう」

「どういうこともなにもそういうことだ。吉原会所に池田奉行から下げ渡されたのだ」

「奉行所から青緡《あおざし》五貫文《かんもん》の褒美《ほうび》が贈られるのは聞いたことがございます。たしか青緡五貫文って一両ほどですよね。それが百両ぶんですか」

澄乃が拘った。

「それがしもとくとは聞かされておらぬ。思案するに慶長小判百両については始末がついたということではないか」

「始末がついたってどういうことですね」

新之助が澄乃に代わって質した。

「四郎兵衛様の言では、慶長小判百両の出所、町奉行所のお調べで明らかになったということで始末がついたらしい。新之助、そなたもあの一件は忘れよ、それがしもそなたから受け取ったことは忘れるでな」

「なんとも分からねえ話だな」

「そういうことだ。その代わりに百両がな、吉原会所に下賜されたのだ」

「つまり本物の百両が吉原会所にあるんだな」

と新之助が念押しした。

幹次郎が頷き、

「四郎兵衛様の言葉を伝える。この百両の使い道じゃが、そなたらの考えを聞きたいそうな」

との言葉に全員が顔を見合わせ、

「好き勝手に呑み食いなんぞはしちゃあならないよな」

と金次が言い出した。

「神守の旦那、慶長小判には、『炊き出し代、些少也』と曰くがついていたんだな、炊き出し代の費えに加えるかえ、するともう少しましな食いものを供することができるよな」

と綾香が、

(そんなことはできないよな)

という表情で幹次郎に言った。

「炊き出しはなんとかなっておるわ。ならばこの百両が他に吉原のために使われることを八代目は願ってそなたらの意見を聞こうとしておるのではないか」

幹次郎の言葉にまた全員が沈黙に戻った。

「神守様、この場では直ぐに考えも浮かびません。二、三日考える暇を頂戴できませぬか」

「澄乃、それで構わん。それがしと遠助の用事は済んだわ」

と幹次郎は仲之町に戻っていった。だが、遠助はその場に残った。

「奉行所から頂戴した百両なんて厄介だよな、まさか百両分の受け取りが要るってんじゃないよな」

と金次が言い、

「それはないと思うけど、勝手に使えない百両の使い道なんて、金次さんじゃないけど厄介極まりないわね」

と局見世の女郎をしていた折り、仲間の女郎たちにわずかな金子を利も取らずに融通《ゆうずう》していた綾香が言った。

「百両って中途半端と思わない。五両ならば、時節の着物を買うとかさ、大勢で呑み食いに使うとかさ、反対に五百両ならば、私、妓楼を買って女主になるとか考えられるけど、百両じゃね」

と澄乃が言い出した。

「なに、澄乃さんは五百両あれば妓楼を買って女主になりたいのか。そんときさ、おれを番頭かなんかで雇ってくれないかね」

と金次が言い出した。

「こりゃ、ダメだ。私たちじゃ、百両の使い道が浮かばないよ」

「綾香さんに百両を預けるからさ、慣れた金貸しをして百両を増やすってのはどうだ」

「金公、わたしゃね、もう金貸しは結構なの。百両はお奉行さんが吉原会所に下げ渡したものだろ、金貸しの元手にするなんて許されないよ」

「そうか、許されないか」

と金次が得心した。


この日の夕暮れ、火の番小屋の新之助を幹次郎が訪ねてきた。

「どうしたえ、百両の使い道が決まったか」

「いや、そいつはまだだ。だがな、四郎兵衛様と話し合ったところ、こたびの一件は新之助、そなたの小屋に慶長小判が投げ込まれたのが発端だ。新之助がいなければ慶長小判なぞお目にかかることもなかったと申されてな、こたび奉行所から頂戴した百両とは別に吉原会所の所持金から三両、そなたに渡しなされと申されて、かく持参した」

と幹次郎が紙に包まれた小判を差し出した。

「ちょっと待ってくんな。おりゃ、大したことはしてねえぜ、神守幹次郎様に渡せと書かれていたとおりにおまえ様に渡しただけだ。そんなおれが三両頂戴するのならばさ、この三両、おれと神守の旦那と半分こしねえか」

幹次郎がしばし沈思し、

「新之助、今さら言うまでもないが、それがし神守幹次郎と会所八代目頭取四郎兵衛様とは、一人二役だな。そんなかたわれのそれがしがだぞ、四郎兵衛様の差し出した三両の半分一両二分を受け取るわけにはいくまい」

「なに、自分が出して自分が受け取るのはまずいか」

「大いにまずいな。会所の金子を猫ばばしたようではないか」

「ふーん、で、おれひとりが頂戴していいのか」

と新之助が念押しした。

「おお、そなたが受け取るぶんにはどこのだれからも文句は出まい。なんぞ言う者がいれば、それがしか四郎兵衛様がかくかくしかじかと道理を説明しよう」

「そうか、受け取っていいのか」

と自分を得心させた新之助が思案する様子を見せた。

「なんぞ使い道の当てがあるのではないか」

「うん、ここんとこ、浅草の古道具屋でな、見かけたものが気になっておった。親父はおれの面を見て五両と抜かしたが、古道具屋の五両は半値の二両二分が相場だよな」

「まあ、そんなところかのう。で、品物はなんだな」

「それか」

と言った新之助が、

「もはや売れたかもしれねえや。もし神守の旦那が手にした三両で買えた折りには見せるってのはどうだ」

と古道具屋で見かけた品がなにか告げなかった。

「よかろう、この金子はそなたのものだ」

と幹次郎が渡し、

「預かるぜ」

と言った新之助に、

「善は急げと言わぬか。明日にも古道具屋を訪ねてみぬか」

「朝四つがたしか店開きだ。明日訪ねてくるぜ」

新之助は幹次郎に約定した。

幹次郎はなんとなく吉原会所に戻りたくはなくて、蜘蛛道に入って天女池を訪ねた。お六地蔵に、新之助が手にしたかった品が買えるように願おうと思ってのことだ。

するとお六地蔵の前には仏壇蠟燭を点した澄乃と遠助がいた。

「どうなされました、お見廻りですか」

と手を合わせたまま澄乃が幹次郎に言った。

「よくそれがしと分かったな」

「腰に大小を差したお侍の歩き方には特徴がございます。この天女池にこの刻限姿を見せるのは、吉原会所の裏同心どのおひとりです」

「おうおう、女裏同心どのにそれがしの気配は悟られておったか」

と応じると澄乃が小蠟燭をお六地蔵に供えて立ち上がり、

「どなたかと会っておられましたか」

「四郎兵衛様が三両を番太の新之助に下げ渡されたのだ。それをな、それがしが届けたところだ」

とひとしきり新之助との問答を話して聞かせた。

「あら、新之助さんたら遠慮深いのね。神守様と半分こしようなんて新之助さんらしいわ。それにしても古道具屋でなにを買う気かしら」

と澄乃も新之助が購いたい品に関心を持った。

「品物を都合よく手に入れたら見せてくれるそうだ」

「私、見当もつかないわ」

「それがしも同様だ」

と言い合い、澄乃が小蠟燭を吹き消し、夜見世の始まった五丁町へと幹次郎と遠助といっしょにお六地蔵をあとにした。


番太の新之助が古道具屋で目に留めていた品をうまく購えたのかどうか、多忙な身の裏同心ふたりはすっかり忘れていた。すると澄乃が幹次郎に、

「新之助さんたら、あの三両でうまいこと手にすることができたそうですよ」

と告げた。

幹次郎が新之助に三両を渡してから数日後のことだ。

「ほう、品はなんだったな、見たであろうな」

「いえ、手入れが要るとか、その手入れに半月はかかるとか。つまりなにを買い求めたのか、教えてもらえませんでした」

「うむ、なんともご大層な買い物ではないか。そなた、推量もつかぬか」

「あれこれと推量はしました。それで分かったことは」

「ほう、分かったことがあったか」

「新之助さんが奥山の芸人であったことは承知していますが、その他のことはなにも知らないということが分かりました。ひょっとしたら」

「ひょっとしたらなんだな」

「古道具屋には骨董品《こっとうひん》だってありますよね」

「なんでもあろうな」

「簪《かんざし》とか笄《こうがい》とか女衆に差し上げる品かと」

「と思ったか。そうか、好きな女衆に差し上げる品ゆえ手入れが要るか」

「いえ、そう思っただけです」

ふたりして言い合ったが、新之助が購ったものはついに分からず仕舞いに終わった。

それより先に南町奉行池田から下賜された百両の使い道が決まった。

五十間道に普請の最中にある吉原見番の大看板を造る費えにすることになった。銘木《めいぼく》屋で埋れ木《うもぎ》を見た四郎兵衛が気に入り、大看板を造る費用に百両を投じたのだ。

埋れ木とは、倒れた木が水中や火山灰や土砂に長年埋まり、酸素に触れないことで、菌や虫に腐敗されることなく炭化した木材のことだ。

四郎兵衛が見たのは南方でとれた杉とか、神代杉《じんだいすぎ》と呼ばれる銘木だった。

この材で、御免色里で新築される吉原見番の顔、芝居小屋の看板を造ることにしたのだ。とはいえ、こちらも普請中の芝居小屋の看板ゆえ直ぐに人の目に触れることはなかった。

そんなある日、澄乃が幹次郎に言った。

「神守様、新之助さんが三両で買った品を披露したいと申しておりますが」

「なに、あの一件、まだだれにも披露されておらぬか」

「はい」

「そなたは見たであろうな」

「いえ、新之助さんが申すには、耳に馴染むまでしばらく時が欲しいそうな」

「なに、耳に馴染むまでの時がいるとな。簪、櫛《くし》、笄の類ではなかったか」

「あれは私の勝手な推量です。耳に馴染むものとはなんでございましょう」

吉原会所の裏同心ふたりが顔を見合わせた。

「澄乃、この一件、品がはっきりとした折りにそれがしに告げよ。中途半端に聞かされてもいらいらしてくるばかりだ」

と幹次郎が澄乃に言い、ふたりして新之助が買った品がなにか忘れることにした。

寛政六年、ゆるゆると時が過ぎていき、いつしか夏が到来していた。

光文社文庫

文庫書下ろし／長編時代小説
蘇《よみがえ》れ、吉《よし》原《わら》　吉《よし》原《わら》裏《うら》同《どう》心《しん》(40)
著者　佐《さ》伯《えき》泰《やす》英《ひで》

2023年10月20日　初版1刷発行

発行者　三宅貴久
印刷　萩原印刷
製本　ナショナル製本

発行所　株式会社　光文社
〒112-8011　東京都文京区音羽1-16-6
電話　(03)5395-8147　編集部
8116　書籍販売部
8125　業務部

ISBN978-4-334-10071-1　Printed in Japan

組版　萩原印刷